講談社文庫

うぬぼれ犬

お江戸けもの医　毛玉堂

泉 ゆたか

講談社

目次

お江戸けもの医
毛玉堂
うぬぼれ犬

よごれ猫

一

黄色く色づいた生垣《いけがき》のクチナシに、朝の陽が輝く晩秋の朝。

白太郎《しろたろう》と茶太郎《ちゃたろう》の二匹の犬が、《毛玉堂《けだまどう》》の庭を駆け回っている。

遊びが高じた茶太郎が、尾を目いっぱい振りながら身構えて笑顔で高らかに吠える。躍りかかるように飛びつく白太郎の目は優しい。

「二人とも、ちょっとだけ静かにしてちょうだいな。黒太郎《くろたろう》が、今さっきやっと寝たところなの。楽しく遊んでいるところごめんね」

縁側から美津《みつ》が声を掛けると、二匹の犬ははっと顔を見合わせて素早く庭の隅へと向かう。

しばらく決まり悪そうな顔をしていたが、次第に元の調子を取り戻し、今度は鳴き声一つ立てずに真剣に相撲取りだ。

「ありがとう。いい子ね」

うちの犬たちは、ほんとうに人の言うことがわかる。

若い頃は、庭のとんでもないところに穴を掘ったり、草履《ぞうり》をばらばらにしてしまったりと、人が頭を抱えるような悪戯《いたずら》をしたこともあったが、二年を超えた頃からずいぶん物事の道理を理解するようになった。

《毛玉堂》の庭に放り込まれていた捨て犬たちを、唸《うな》られ噛まれたりという日々を乗り越えて、目いっぱい大事に可愛がってきたのだ。

今では、美津がいけないと言ったことには必ず従う、惚れ惚れするような良い子たちだ。

もう一匹の犬、黒太郎も、ついこの間までこんなふうに頼もしい姿を見せてくれていた。

二匹の犬たちの生き生きした姿を見つめながら、胸に寂しさを覚えそうになったところで、美津は、「いけない、いけない」と己に言い聞かせた。

黒太郎は、今も変わらずほんとうに可愛い。この家の皆は、黒太郎のことが大好きだ。

「あら、マネキ、どうしたの？　何か聞こえる？」

夜通しの黒太郎の看病で疲れきり、畳の上で大の字になって眠っている夫のけもの医者、吉田凌雲《よしだりょううん》の腹の上でキジトラ猫のマネキがふと顔を上げた。耳がぴんと立っている。

「うっ」

マネキが勢いをつけて凌雲の腹から飛び降りたので、凌雲が呻《うめ》き声を上げて腹を押さえた。

と同時に、廊下の奥の炊事場の土間から「きゃん」と甲高《かんだか》い悲鳴が聞こえた。

「黒太郎……。起きてしまったか……」

凌雲が腹を撫《な》でながら、悲痛な声を出した。

「私が行きます。凌雲さんはお疲れでしょう。患者さんがいらっしゃるまで、まだゆっくり寝ていらしてくださいな」

慌てて言って、美津は廊下へ駆け出した。

谷中感応寺《やなかかんのうじ》の境内、笠森稲荷《かさもりいなり》に通じる道沿いにあるこの《毛玉堂》は、動物の病を診《み》る医院だ。

かつては小石川養生所《こいしかわようじょうしょ》で腕が良いと評判の医者だった凌雲と、幼い頃からの許嫁《いいなずけ》だった妻の美津が営むこの医院には、もこもこした毛玉のような〝患者さん〟を腕に抱いた飼い主たちがひっきりなしに訪れる。

炊事場は、朝餉《あさげ》の支度をしたときの竈《かまど》の熱が残って温かい。

その土間に作られた囲いの中で、黒太郎がとぼとぼと歩き回っていた。

黒太郎は覚束《おぼつか》ない足取りで、囲いに幾度もぶつかりながらも、ひたすら歩き続ける。囲いの木枠には古い綿入れを縫い付けて、黒太郎が頭をぶつけても痛くないようにしてあった。

「黒太郎、少しはゆっくりお休みなさいな」

美津は眉を八の字に下げて、黒太郎の背をそっと撫でた。

黒太郎はもうずいぶん、美津の顔をまともには見てくれない。だがほんの微《かす》かにこちらに身を寄せてくるその仕草から、胸にたまらない愛おしさが広がる。

黒太郎が《毛玉堂》にやってきたのは、もう成犬になってからのことだ。

餌《えさ》をやればやるだけぐんと身体が大きくなり、日々賢くなったので、ずいぶん経つまでまだ一歳ほどだろうと思っていた。

しかしじゅうぶん人慣れしてから凌雲が歯を見ると、少なくとも五歳はとうに超えているとのことだった。

おそらく前の家では、ろくに餌も与えられず構われることもなく暮らしていたのだろう。

それから黒太郎は、まるで《毛玉堂》に来て初めて生を得たかのように、年下の白太郎、茶太郎たちに従順に従い、弟分のような顔をして謙虚に、そして無邪気に暮らしていた。

そんな黒太郎に、〝惚《ぼ》け〟の兆《きざ》しがみられるようになったのは、この数月だ。

外に出たがらない、仲間たちと遊びたがらないようになったと思ったら、花が萎《しお》れるようにみるみるうちに弱っていった。

足腰が弱って、排せつがうまくできなくなった。

そして何よりたいへんなことは、夜通し甲高い声で吠えてぐるぐると同じところを歩き回るようになったことだ。

その鳴き声は、美津か凌雲が心を込めて撫でてやるとぴたりと収まる。

近所迷惑になってはいけないと、美津と凌雲が交代で夜通し黒太郎を撫で回してやる日々が、ここしばらく続いていた。

「黒太郎、目が覚めたか。よしよし、良い子だ」

いつの間にか近くにいた凌雲が、美津の横で黒太郎に手を差し伸べた。

黒太郎はあらぬ方を向いてはいるが、気持ちよさそうに目を細めている。

「凌雲さん、私に任せてくださいと……」

「お美津と一緒に、黒太郎を撫でてやろうと思って来たんだ。あそこでひとりで休んでいるよりも、きっと楽しいだろう」

凌雲の返事に胸が温かくなる。

二人で一緒に、《毛玉堂》の犬猫たちの毛並みを撫でてやるのは、何よりも心安らぐひとときだ。

もう数年前、許嫁だった凌雲が医者として働いていた小石川養生所を辞めて、無気力な暮らしをしていると聞いて、美津は押しかけ女房としてやってきた。

それから口下手な凌雲を支え、二人で力を合わせて《けもの医者の毛玉堂》を営んできた。

一緒に暮らしているというのに、まだ手を握っただけで顔が真っ赤になるような〝清く〟ぎこつない夫婦だ。けれど凌雲は、こうして二人のときを大事に思ってくれている。

「……凌雲さん、ありがとうございます」

私は凌雲さんと一緒にいるとこんなに嬉しい。凌雲さんのため、そして《毛玉堂》のために懸命に働こう。

そんな言葉を胸に誓う。

「何のことだ？」

凌雲はきょとんとした顔をした。

「い、いえ。こちらの話です。黒太郎、少しでも落ち着くといいですね」

慌てて誤魔化《ごまか》した。

「黒太郎の夜鳴きは、おそらく寂しく、不安なのだろう。白太郎と茶太郎に付き添いを頼むという手もあるかもしれないな」

「あの子たち、平気でしょうか？」

まだまだ力が有り余っている様子の白太郎と茶太郎に、黒太郎が交じることはできるのだろうか。

「そうだな、こちらが気を配ることは必要だが……」

そのとき、庭のクチナシの生垣がざっと鳴り、華やかな声が聞こえた。

「おうい、お美津ちゃん、いるかい？　いるよね？」

二

「あら、お仙《せん》ちゃん、お久しぶり。相変わらずの輝くような別嬪《べっぴん》さんねえ」

美津が出迎えると、幼馴染の仙が、着物についたクチナシの葉を落としながら「そんなお世辞は聞き飽きてるよ」と心底嬉しそうに笑った。

仙はこうしていつも、玄関ではなく庭の生垣の隙間から庭に滑り込むようにしてやってくる。

艶《つや》めいた切れ長の目元に、人形のように小さな鼻と口。抜けるように白い肌に濡れるように光る黒髪。

笠森稲荷の水茶屋《鍵屋《かぎや》》で働いていた頃は、《柳屋《やなぎや》》お藤《ふじ》、《蔦屋《つたや》》お芳《よし》と並んで、江戸三大美人と称された、類まれな美貌の持ち主だ。

「お世辞なんかじゃないわ。お嫁入りをしてから、お仙ちゃんはどんどん美しさが増しているわよ。きっと幸せなのね」

幼い頃から知っている友人が、恋する人への想いを遂げて無事に幸せになったことは嬉しい限りだ。

美津は目を細めた。

仙は、旗本馬場善五兵衛《はたもとばんばぜんごへえ》家の養女となっての過酷な花嫁修業を経て、めでたく笠森稲荷一帯の地主である三百石の旗本倉地《くらち》家の政之助《まさのすけ》のところへ嫁入りした。

「幸せ……だねえ」

仙が空を見つめてぼんやりと呟いた。

頬が赤らんでいる。

「まあ、ご馳走《ちそう》さま」

美津はくすりと笑って肩を竦めた。

恋する人の元へ嫁入りをしたばかりの娘というのは、ここまで幸せそうにしているものなのだろうか。

寝込んでいる凌雲の身の回りの世話をしているうちに、いつの間にか周囲から《毛玉堂》のお内儀《かみ》さんと呼ばれる身になっていた美津にとっては、嫁入りの祝言は遠い話だ。

「私たち、朝も晩も、片時も離れず二六時中一緒にくっついているのさ」

「そ、そうなの。熱いお二人ねえ」

水茶屋の娘だった仙の話は、時に美津がどぎまぎしてしまうくらい明け透けだ。

「政之助さんと一緒に、どこかにお出かけをしたりしたの？」

この流れで、凌雲と美津の〝清い〟仲に話を向けられてはならないと、美津は慌てて問いかけた。

「政之助だって？　ああ、あいつのことはいいんだよ」

仙の声が急に低くなった。

「へっ？」

嫁入りまでは、仙は決して「政之助」なんて呼び捨てにすることはなく、「政さん」と甘い声で呼んでいたはずだが。

「政之助は、何から何まで母親の言いなりさ。あの屋敷の中じゃ、おっかさんがいなくちゃ何もできない赤ん坊だよ。祝言から今日まで、幾度、大喧嘩《おおげんか》をしたかわからないよ。まさかあんなに情けない男だったなんて思わなかったさ」

仙は耳をほじりながら忌々しそうな顔をする。

「じゃ、じゃあ、二六時中一緒に……っていうのは誰の話なの？」

まさか、仙が間男と通じるなんてそんな不埒《ふらち》な話をしているのだとすれば、友として見過ごすわけにはいかない。

「そんなの決まっているだろう。綺羅綺羅《きらきら》のことさ」

「きら、きら……？」

美津が素《す》っ頓狂《とんきょう》な声で訊き返したそのとき、仙が片手に持った風呂敷包みから風呂敷をさっと取り去った。

小鳥を入れるような小さな籠《かご》の中で、淡い三毛柄《みけがら》の毛並みの仔猫が周囲の大騒ぎに少しも動じずすやすやと眠っていた。

「まあかわいい！　お仙ちゃん、仔猫を飼ったのね」

「そうだよ。最初は実家のおミケを連れて嫁入りをするつもりだったんだけれどね。おとっつぁんに、おミケは決して渡さないって騒がれちまってね。仕方がないから、嫁入りしてすぐに、政之助に、おミケにそっくりな仔猫を探して来いって命じたのさ」

さんざん恋焦がれたはずの倉地家の跡取り息子のことを、まるで下っ端の下男のように言う。

「それがこの、きら……」

「綺羅綺羅だよ。眩《まばゆ》く輝くように美しいこの子にぴったりの、いい名だろう」

「立派なお名前ね。綺羅綺羅、よろしくね」

美津は丁寧に名を呼んだ。

《毛玉堂》で働いていれば、動物の珍しい名には慣れている。

先行きで不便がないようにと案じ、人の子には平凡な名が好まれるからこそ、飼い主たちは、動物相手にどこまでも珍妙で可愛らしい名をつけることが多い。

きらきら、と呼ばれた仔猫は眠そうな目を開いた。ふわふわの毛並みに濡れた黒い瞳が、確かにうっとりするくらい可愛らしい。

「それで、この綺羅綺羅は、どこか身体の具合が悪いのかしら？」

生粋の猫好きの仙が、ただ見せびらかすために仔猫を窮屈な籠に入れて連れ歩くとは思えない。

「そうなんだよ。ここのところ、少し腹を下していてね。凌雲先生に薬をいただきたいんだ」

「綺羅綺羅が、腹を下しているのはいつからだ？」

部屋の奥から、黒太郎を抱いた凌雲が姿を現した。

よいしょ、と黒太郎を庭に下ろすと、黒太郎はしばらく不安そうに同じところをぐるぐる回る。

「まあ、凌雲先生、それに黒い犬太郎さん、こんにちは。今日も良いお天気ですねえ」

仙が黒太郎の頭をおざなりにぽーんと撫でてから、「綺羅綺羅の調子が悪いのは、一昨日からでございます」と悲痛な顔をしてみせた。

「食欲はあるか？」

「ええ、お美津ちゃんに教わったように、魚の身を湯がいて塩気を抜いたものをたらふく食べています」

「一昨日、それかその前日に、何か普段と変わることはあったか？」

「えっ？　ちょ、ちょっと待ってくださいよ。ええっと……」

仙が顎に手を当てて、難しい顔をした。

「たしか、あれは……」

ぽん、と手を打つ。

「一昨日、政之助に、ねこじゃらしを買いに行かせました！　浅草寺《せんそうじ》参道の小間物屋で、縄を編んで作られた、仔猫の歯固めにもぴったりの上等なねこじゃらしが売り出されたと聞いたもので」

「上等なねこじゃらし！」

そんなものがあるのを初めて知った。美津は目を丸くして繰り返した。

「綺羅綺羅は、その猫じゃらしで遊んだか？」

「もちろんですとも。ねこじゃらしが届いたそのときから、日が暮れるまで、腰が抜けるまで一緒に遊びましたよ」

仙がとろけそうな目をして答える。

「もしかすると、それが原因かもしれないな」

「えっ？」

「もしも腸がただれているようならば、食欲が失せるはずだ。食欲があるのに腹を下しているというのは、疲れすぎて腸にまで力が及ばなかったという場合が考えられる」

凌雲が綺羅綺羅の入った籠を覗《のぞ》き込み、「よし、目にしっかり力はあるな」と小さく頷いた。

「疲れすぎ、ですか」

仙が決まり悪そうな顔をする。

「子供は楽しいことがあるとそれに熱中してしまって、己の疲れに気付けないことがある。それは人も獣も同じだ。身体が弱く、生きることにもまだ慣れていない仔猫や仔犬を飼うときは、人のほうが常に疲れすぎないよう、喰いすぎないように、と暮らしを加減してやらなくてはいけないんだ」

「それじゃあ、綺羅綺羅が腹を下したのは、私が遊びすぎたせい……」

「しばらくは、消化を良くする薬を出して様子を見よう。綺羅綺羅がどれほど遊びたがっても、こちらがぐっと我慢をしなくてはいけないと覚えてくれ」

「わかりました。ありがとうございます。綺羅綺羅、ごめんよう。良かれと思ってやったことが、あんたを疲れさせちまっていたとはねえ」

仙がしゅんとして、籠ごと綺羅綺羅を抱き締めた。

「凌雲先生のお薬を飲めば、すぐに良くなるわ」

美津は仙の肩をそっと撫でた。

「お仙ちゃん、仔猫を育てるのは初めて？」

「そういえばそうだね。おミケがうちに来たのは、ずいぶん大きくなってからだったよ。仔猫っていうのは、危なっかしいもんだよねえ。どこかにおっこちたり、変なものを食べたりしないように、人間の赤ん坊と一緒で、二六時中誰かが目を離さずに見ていなくちゃいけないんだからね。こっちも、ついつい暇つぶしが高じて遊びすぎちまったよ」

「そうね。身体が弱いうちは、心配よね。誰かがずっと見守ってくれればいいんだけれど……」

危なっかしい足取りで庭を歩き回る黒太郎に目を向けつつ、美津は頷いた。

「そうだ！　閃《ひらめ》いたよ！　お美津ちゃん、いいことを言うね」

仙がぽんと手を叩いた。

黒太郎がその音にぎょっとしたようによろめいたので、美津は慌てて駆け寄って黒太郎を支える。

「お仙ちゃん、何を閃いたのかしら？」

「赤ん坊の綺羅綺羅をずっと見守ってくれるお方だよ。ああ、どうして気付かなかったんだろうね。綺羅綺羅のおっかさん猫に、うちに来てもらうのさ。おっかさん猫には赤ん坊猫だけ攫《さら》うような真似をして、申し訳ないことをしたよ」

「綺羅綺羅のお母さん猫も、お仙ちゃんが飼うってこと？　確かにそれならば、綺羅綺羅はお母さん猫から、猫らしく無理のない暮らしを学ぶことができるわね」

「そうだよ。綺羅綺羅は、半分野良猫のような暮らしをしていたというからね。おっかさんも、うちに来てもらえば今よりずっと心地よく暮らしてくれるはずさ。それに……」

仙が目を輝かせた。

「綺羅綺羅のおっかさん猫、きっと美しい猫に違いないよ。きっと綺羅綺羅にそっくりで、大人の艶めきのある猫さ。楽しみだねえ」

三

浅草寺の参道は、そぞろ歩きの人で溢れ返っている。

美津は凌雲に置いていかれないようにと、うんと早足で歩いていた。けれど、前から来る人の流れに押されてしまいそうになる。

「凌雲さん、ちょっと待ってくださいな」

このままでは置いていかれてしまう、と、凌雲の背に声を掛けた。

「おっと、お美津。悪かった」

振り返った凌雲が、当たり前の顔で美津の手を握った。

「あ、ありがとうございます」

頬がかっと熱くなった。

「こんな人混みを歩くときは、こうして手を取っていただけると、とても歩きやすくて、助かります」

照れくささを隠すために、妙に饒舌《じょうぜつ》になった。

「気が回らなくて悪かった。今度から困ったときは、お美津から手を取ってくれ」

「えっ？」

口下手で不愛想だったはずの凌雲の口から、「気が回らなくて悪かった」なんて素直な言葉が出るなんて。

美津が驚いて凌雲を見上げていると、凌雲が決まり悪そうにぷいと顔を逸らす。

しかし同時に、握り合った手にぎゅっと力が籠《こも》った。

「はいっ。困ったときは、私から手を握らせていただきます」

美津は頬を染めて、にっこり笑った。

しばらく参道の人混みを歩いてから一つ脇道に入ると、すぐに立派な門構えの大きな家が現れた。

〝賢犬堂《けんけんどう》〟と力強い筆運びで書かれた看板がかかっている。

「伝右衛門《でんえもん》、いらっしゃるか？《毛玉堂》だ」

凌雲が声を掛けると、ほんの刹那《せつな》の沈黙の後、中からたくさんのけたたましい犬の鳴き声が響き渡った。

「静かにっ！」

老人の鋭い声が聞こえたその時、犬たちの鳴き声はぴたりと止まる。

「凌雲先生、お美津さん、よくぞお越しくださった」

白髭《しらひげ》を蓄えた老人、伝右衛門が、にこやかに現れた。

「伝右衛門の犬の躾《しつけ》は、さすがだな。あの大騒ぎが、『静かに』の一言で水を打ったように静まり返るとは」

「騒々しくて悪かった。うちで預かっている犬たちが客人に一斉に吠えるのには理由があるんだ。凌雲先生、わかるかい？」

伝右衛門の《賢犬堂》では、躾の行き届いた仔犬を譲り渡す犬屋と同時に、初めて犬を飼う人や飼い犬との関わりに悩んでいる人たちを相手に、犬の躾を請け負っている。

《毛玉堂》の患者の中で、《賢犬堂》の助けが必要と思われる犬と飼い主がいれば紹介し、《賢犬堂》のほうでも、医術が必要な場合はすぐに《毛玉堂》に知らせる。

お互い持ちつ持たれつの関係だ。

「ああ、わかるさ。客人に尾を振る犬はたまらなく可愛らしいが、番犬としては使い物にならない」

「その通りだ。まずは警戒を持って、家じゅうに響き渡るように吠えて知らせる。そして飼い主に『静かに』と言われれば、無駄吠えをせずすぐに静まる。この加減を仕込むのはなかなか難しいぞ」

伝右衛門が得意げに言った。

「今日は、相談事があると聞いたが」

「ああ、そうだ。上がっておくれ。お美津さんの意見も訊きたいと思ってね。おやっ？」

伝右衛門が目を丸くした。

目の先を辿って、美津は「きゃっ」と小声で叫ぶ。

同時に凌雲の「わっ」という声。

美津と凌雲は、手を握り合ったままだったのだ。

お互い慌てて飛び退いた。

「伝右衛門さん、たいへん失礼をいたしました。参道の人混みが凄《すさ》まじくて、こうしていないとはぐれてしまいそうで……」

美津が慌てて謝ると、伝右衛門が大きな口を開けて笑った。

「夫婦仲が良いのは良いことだ。近いうちに、めでたい話を聞けそうだな」

「えっ、そ、それは……」

赤ん坊のことを言っているのだとすぐにわかる。

美津が、何と答えて良いやらわからず顔を伏せたところで、

「赤ん坊というのは難しい」

凌雲の言葉に、美津はひいっと息を呑んだ。

「伝右衛門、あんたもこれまでの経験から、ほんとうに難しいことだと思わないか？」

——凌雲さん、いったい何を……。

美津は何がなにやらわからない心持ちで、凌雲と伝右衛門を交互に見る。

「確かにそうだな。犬猫のいる家にとって、赤ん坊が生まれることほど大きな試練はないだろう。獣と人が心地よく暮らすには、人の配慮がなくてはならないものだ。けれど赤ん坊にはそれが通用しない。それどころか、人の赤ん坊というのは獣以上に、二六時中向き合わなくてはいけないのだからな」

凌雲と伝右衛門が頷き合う。

この二人は、動物を飼う家に赤ん坊が生まれたとき、様々な問題が起きるということを話しているのか。

ようやく気付いた美津は、自分たち夫婦の話をしているのではないと知って、ほっと胸を撫で下ろした。

とはいっても、《毛玉堂》には三匹の犬と猫のマネキがいる。美津にとって完全に他人事《ひとごと》というわけではない。

「《賢犬堂》では、仔犬を譲るときにどうしている？　伝右衛門のことだ。金さえ貰えれば、誰にでも譲るというわけではないだろう」

「迎えたばかりの犬と、じっくり絆《きずな》を深める余裕のある若い夫婦には譲っている。だが、妊婦や赤ん坊のいる家、病人や世話が必要な年寄りのいる家は断るようにしている。獣を飼うというのは、日々の暮らしにじゅうぶんな余裕がなければできないことだ」

「そして人生の中で獣と暮らすような余裕があるときというのは、案外短いのかもしれないな」

凌雲が考え深げに頷いた。

奥の部屋に通されると、広い庭で大小さまざまな十四ほどの犬たちが、楽し気に遊び回る。

これだけの犬が揃うと獣特有の強い臭いもあるかと思っていたが、手入れが行き届いているのだろう。臭いはほとんど感じない。

どの犬も毛並みが良く、目に光があり、動きが俊敏だ。

「先ほどの話とも繋がるが、昨今、飼い主が、獣と人とは違うことを知らなかったせいで、人も獣も傷つくさまざまな揉《も》め事《ごと》が起きている。それを何とかして変えることができないかと思っているんだ」

伝右衛門が身を乗り出した。

「今日の相談事というのは、それか」

「ああ、そうだ。揉め事が起きてしまうよりも前に、あらかじめ飼い主が犬について学ぶ場を設けたい」

「確かに、人間の赤ちゃんの育て方は、周囲の世話焼きの人たちからいくらでも教えてもらえるけれど、獣の育て方というのは見様見真似の手探りでやっている人が多い気がしますね」

美津は頷いた。

《毛玉堂》でも、時折、犬猫に甘い菓子や塩気のあるものばかりを与えたり、香を焚《た》き染《し》めて毛並みに匂いをつけたり、染め粉《そこ》で化粧を施したりと、驚くような育て方をしている人がやってくる。

本人たちは、人と同じような扱いをすることが犬への愛情だと信じている。よかれと思ってやっている気持ちがわかるので、厳しく叱ることもできず、かといってそのままにしていてはそう遠くないうちに必ず問題が起きる。歯がゆい想いが募っていたところだった。

「伝右衛門の想いはわかった。もちろん協力させていただこう」

凌雲が応じた。

「ありがとう。私だけでは、どうしても押しつけがましくなる。医者の意見を訊けるのはとても有難い」

「きっとお美津も、大きな力になってくれるだろう。家の中で獣の世話をするのは、女に任されている場合も多いからな」

凌雲が美津のほうを見て静かに微笑んだ。

「ええ、お任せください。悲しい思いをする獣が、そして飼い主さんがいなくなるように、奮闘しましょう」

凌雲さんが私を頼りにしてくれている。

美津は誇らしい心持ちで、胸を張った。

四

患者の訪れが落ち着いた午下《ひる》がり。

白太郎、茶太郎、そして黒太郎も庭の陽当たりの良いところで、ぐっすり眠っている。

「マネキ、毛並みを整えてやろう。こっちへ来い」

凌雲が折れた櫛《くし》を手に声を掛けると、マネキが音もなくこちらに近づいてきた。

澄ました顔で、凌雲の膝の上で丸くなる。

親愛の情を身体中で示してくれる犬も可愛らしいが、こうして普段はつんと取り澄ましている猫と気持ちが通じたと感じるときも、大きな喜びだ。

「まあ、マネキ、良かったわね。気持ちいいわね」

美津が声を掛けると、凌雲の膝の上でいつの間にか腹を見せたマネキが、ぐるぐると喉を鳴らす音が聞こえてきた。

凌雲は、櫛で毛並みを梳《けず》りながらさりげなく身体中を掌《てのひら》で押さえるように触る。節に痛がるところがないか、膿《う》んだできものや腫物《はれもの》の気配はないか。

獣を丹念に撫でてやることは、病の始まりに気付くことでもある。

身体の不調への手当ては、早ければ早いほど良いというのが凌雲の口癖だ。

例えば怪我ならば、ほんの少し赤みがある程度ならば、冷やしたり薬の湿布《しっぷ》をしたりということでたいていすぐに治る。

しかし大きく腫れ上がって膿《うみ》を垂れ流すまで放っておいてしまうと、それを治すには、傷口を切り開いたりたくさんの薬を飲ませたりとかなりの手間がかかる。悪くなれば身体が熱を持ち死に至ることもあるし、ひとたび症状が良くなっても、何かの折にぶり返してしまったりということもある。

飼い主たちがよく口にする「しばらく様子を見ていた」という言葉が、まさに命取りになることもあるのだ。

「……お美津ちゃん」

生垣の間から、遠慮がちな仙の声が聞こえた。

「あら、お仙ちゃん、いらっしゃい」

風呂敷包みを手にした仙が、どこか決まり悪そうな顔をしている。

「凌雲先生、マネキも、お取り込み中のところすみませんねえ。ちょっとだけよろしいですか？」

いつもの仙にしては、何かおかしい。

「お仙ちゃん、どうしたの？　なんだか変だけど……」

「お美津ちゃん、私、どうしたらいいのかわかんないのさ」

仙が悲痛な声を出した。

「何があったの？　話してちょうだいな？」

仙の話はだいたいが大仰だ。けれどそのたびに親身になって話を聞いてやるのが、真の友の役目だ。

美津は声を潜《ひそ》めて仙に近寄った。

「私、猫が好きだよ。三度の飯より政之助より、猫のことが大好きさ」

「そうなのね。確かにお仙ちゃんは、大の猫好きよねえ」

猫を好きすぎるあまり、犬を軽んじるようなことを言うのを止めてくれればもっと良いのだが……と思いつつ、今はそんなお小言を言うときではなさそうだ。

「私は今、その猫への愛を試されているのさ」

「どういうこと？」

「お美津ちゃん、見ておくれよ」

仙が風呂敷を取り去ると、籠の中に大人の三毛猫が鎮座していた。淡い三毛柄の毛並みには、見覚えがある。

「まあ、この子がもしかして、綺羅綺羅のお母さんの……」

「もぐらだよ」

「へっ？」

驚いて三毛猫を改めて見た。

よく見ると、ずいぶん薄汚れて白い毛の部分が茶色くなっている。目は目やにがいっぱいで、鼻には鼻水の跡がある。狆《ちん》のように毛が長いわけではないのに、身体は毛玉だらけだ。

そして何より――。

「すごい臭いだろう？　いくら半分野良猫みたいな暮らしをしているっていったって、こんなに汚い猫、見たことがないよ。それに愛想一つない仏頂面《ぶっちょうづら》さ。近所の人たちからもぐら、なんてひどい名で呼ばれていた理由がわかる気がするだろう？」

確かに、もぐらと呼ばれた猫からは、鼻が曲がるような強い臭いがする。

「確かにこのままじゃいけないわね。お湯で洗ってあげるのが良いのかしら」

もぐらに綺羅綺羅の面倒を看《み》てもらうには、少なくとも仙の部屋で暮らすことができるくらいは綺麗にしていなくてはいけない。

「お美津ちゃん、ありがとうね。私ひとりで洗ってやるんじゃ、もぐらを引き取ったことを後悔しちまうような気がしてね。でもきっと、こんなに汚い猫ならいらなかった、なんて勝手なことを思ったら、猫の神様から天罰を受けちまうよ」

仙は泣きそうな顔だ。我儘《わがまま》で口が悪いが、もぐらのことは何としてでも大事にすると決めている様子だ。

「お安い御用よ。しっかり洗ってあげたら、きっと見違えるように綺麗になるし、臭いもなくなるわ。すぐにお湯を沸かすわね」

「お美津、ちょっと待て」

ふいに凌雲が割って入った。

「お仙、もぐらを診せてくれ」

凌雲が籠を覗き込むと、もぐらが牙を剥《む》きだして「しゃー」と威嚇《いかく》した。野良猫のときに、男に酷い目に遭わされたことがあるのかもしれない。

ひときわ強い臭いが漂う。

「猫は本来、匂いが少ない獣のはずだ。匂いが強いと敵に見つかりやすくなるので、尖った舌で舐《な》めて丹念に毛並みの手入れをする。己の糞《ふん》を砂で隠すという猫特有の習性も、匂いを隠すためなんだ」

「もぐらは、そういうことを少しも気にしない気質みたいです。糞も、砂場の厠《かわや》を用意しているのにきちんと隠さず、そのままほったらかしで、気分によっては厠の外でもしています」

「確かに、猫にはそれぞれ気質がある。そんなだらしない猫もいるかもしれないな。だが……」

凌雲はしばらく難しい顔をしていた。

「風呂に入れるのは少し待ってくれ」

「えぇっ」

仙が悲痛な声を上げた。

「もぐらは、お仙に身体を触らせてくれるか？」

「い、いいえ。今のところはまだ少し警戒しています。今日ここへ来るときも、籠の中に餌を置いて罠《わな》にかけるようにして連れてきました」

「ならば、まだもぐらはお仙のところに来たばかりで、気が立っている。しばらくは、湯に浸けるなんて、猫が嫌がったり風邪をひくかもしれないようなことはせずに、穏やかに過ごさせてやってくれ。風呂に入れるのは、お仙が気軽に撫でてやることができるようになってから、だ」

「私が、気軽に撫でてやれるようになってから……」

仙が眉を下げて己の掌を見ると、あんぐり口を開けた。

今のもぐらを撫でてやろうとしたら、きっと仙の白い掌は汚れで真っ黒になってしまうに違いない。

「お仙ちゃん、平気かしら？　もしあれだったら、こちらで毛並みを拭いてあげるくらいならできると思うけれど……」

「いや、いいさ」

仙が力強い声で言った。

「猫の神様が私を試しているんだろう？　私は一刻も早く、もぐらを撫で回してみせますよ。それでもぐらが私にすっかり懐いてくれるようになったなら……」

仙が美津の肩をがしりと摑《つか》んだ。

「お美津ちゃん、もぐらが一切の臭いがないふわふわの綺麗な毛玉になるように、隅から隅まで洗ってやるのを手伝っておくれよ！」

仙は、まるで夜の猫のように艶やかな目を光らせた。

五

数日後、美津は浅草寺境内の二十軒茶屋《にじっけんぢゃや》の一つで立ち止まった。

先に着いた仙が、表の床几《しょうぎ》のいちばん人目につかなそうなあたりに座っていた。

「おうい、お美津ちゃん、こっちだよ」

仙が手を振った。

「すごい人だろう？　迷わなかったかい？」

周囲の店に比べてひときわ人が多いこの水茶屋は、《蔦屋》という。

「ええ、どうにかこうにか。つい数日前に、凌雲さんとこの近くの《賢犬堂》へ行ったのよ」

「《賢犬堂》の伝右衛門だね。あの犬好き爺《じい》さん、達者にしているかい？」

「とってもお元気よ。飼い主さんのために、犬のことを学ぶ塾を開こうとされているの」

美津が伝右衛門との話を説明すると、仙は、

「それって犬だけかい？」

と不満げな顔をした。

「確かにそうね。猫の飼い主さんだって、知りたいことがたくさんあるはずよね。凌雲さんに相談してみることにするわ」

「ぜひそうしておくれ。何においても、犬にあって猫さんにはないなんて、そんなことは良くないよ」

「ごめんなさいね。ところで、もぐらの調子はどう？　お仙ちゃんに頼まれたもの、持ってきたわ。それとこれは、おまけの手袋よ。私が作ったの」

美津は、犬猫用のうんと荒い爪やすりと、ざらざらした麻袋の生地で作った手袋を差し出した。

「少しずつ慣れてくれているよ。もう少ししたら、また《毛玉堂》に連れていけそう

さ。そしてこの手袋、すごくいいね。猫さんは気持ちいいし、こっちは手が汚れなくて済む。最初からこれが欲しかったよ」

仙が手袋を嵌《は》めて、猫の背を撫でる真似をしてみせた。

「あれから、お仙ちゃんのためにうんと考えて閃いたのよ」

凌雲の言いつけを守って、もぐらと打ち解けようと奮闘している仙のことが友として誇らしかった。

「ありがとうねえ。持つべきものは、けもの医者の女房の友だね。お礼に、ここでいくらでもお団子を食べておくれ」

「あら、わざわざ水茶屋で待ち合わせってそういうことだったのね。それじゃあ遠慮なくいただきます」

美津はぺろりと舌を出した。

「ええっと、娘さんはどこにいるかしら」

前掛けをした水茶屋の娘を探そうとしたそのとき。

「けもの医者だな」

そんな言葉が耳に飛び込んできた。思わず振り返る。

仙も怪訝《けげん》な顔でそれに倣う。

「そうだよ、あの女のけもの医者さ。鈴蘭《すずらん》先生に診てもらったら、他では諦めろと言われていた、たぬ吉郎《きちろう》が、あっという間に治っちまったのさ」

近くの床几で、二人の男が話していた。

「《毛玉堂》の話……じゃなさそうだね」

仙が言った。

「ええ、そうね。けもの医者って言われたら、《毛玉堂》のことに違いないって思って驚いたわ」

美津は勢いよく鳴る胸を押さえた。

「たぬ吉郎、って患者に覚えはあるかい？　犬でも猫さんでもあり得る名だね」

仙が声を潜める。

「いいえ。うちの患者さんじゃないわ」

「なら良かった。《毛玉堂》には、まったく関わりない話ってことだね」

「う、うん。多分」

そう答えはしたものの、どこか引っ掛かる。

女のけもの医者、鈴蘭。

《毛玉堂》を訪れる飼い主たちから、少しくらい噂を聞いたことがあっても良いはずだが。

「……女のくせにけもの医者だって？　生意気だね。けものが好きなら、けものの医者の女房になればいいじゃないか。それを己が医者になるだって？　そんな出しゃばり女は、相当な不器量に違いないよ」

仙が形の良い唇をひん曲げた。

「お仙ちゃん、こらっ！」

美津は仙を睨んだ。

「私は、お美津ちゃんのことを良く言ったつもりだよ」

仙がとぼけた顔をする。

「そうは思わなかったわ。人のことを悪く言うのは、止めたほうがいいわ。それも、会ったこともない人でしょう？　猫の神様に怒られるわよ」

「うるさいなあ。じゃあ、本心を言えばいいかい？　羨《うらや》ましいねえ。私はその鈴蘭、って女が、羨ましくてたまらないさ」

仙が自棄《やけ》になったように言った。

「お仙ちゃん……」

「同じ女なのに、己の才を存分に発揮して、あんな風に有難がられてさ。私なんて、政之助と夫婦になったそのときに、江戸三大美人の《鍵屋お仙》は、終わっちまったようなもんだよ。この美貌は少しも変わってないってのにさ」

仙が己の頰をぴしゃりと叩いてみせる。

「そりゃ、お仙ちゃんはれっきとした倉地家の若奥さまだし、今は《鍵屋》さんで働いているわけじゃないんだから、仕方ないと思うわよ」

己の才を存分に発揮して、あんな風に有難がられる。

仙の素直すぎる言葉が妙に胸に迫った。

「お美津ちゃんだってさ、凌雲先生なんかよりも、うんと気配りができるんだよ。ほんとうは、《毛玉堂》はお美津ちゃんがいなくちゃ立ち行かないさ。それなのに、みんなが有難がるのは男の凌雲先生ばっかり。なんだか、やってられない気分にならないかい？」

「そ、そんなことはないわよ。そうそう、水茶屋の娘さん、どこかしらね？　お仙ちゃんも、もう一杯お茶を飲むでしょう？　ここのお茶、美味しいわねえ」

仙の手にある空になった湯吞を示す。

「……やっぱりいいや。別の店に行こう」

「えっ？　別の店ですって？」

「今日の私は、あんまり良くないさ。闘うときは、一撃で相手の息の根を止めるのは当然のこととして、むしろ私はあなたみたいに素敵な人妻になりたいんです、なんて憧れさせてやるくらいじゃなけりゃ、意味がないさ」

「いったい何のこと？」

「さ、あいつにみつからないうちに行こう」

「あいつ？」

そのとき、店の奥から眩いばかりに美しい娘が出てきた。

仙よりも三つほど年下だろうか。娘らしい若々しさと、少々生意気そうな自信溢れる表情が何とも艶っぽい。

前掛けを付けてはいるが、水茶屋の娘にしてはずいぶんと動きにくそうなくらい幾枚も着物を重ねて着飾っている。

「お芳！」

「お芳だ！」

「とんでもねえ別嬪だな！」

この娘が、かつて仙と共に江戸三大美人と称されたうちの一人、《蔦屋》のお芳か。

「お芳さん、初めて見たわ。ほんとうに綺麗ねえ……。あらっ？　お仙ちゃん？」

美津が気付いたときには、仙の姿は跡形もなく消え失せ、床几には狐に化かされたように銭が数枚置かれていた。

六

今宵は月が綺麗だ。

まん丸の大きなお月さまから、そこかしこに光が降り注ぐ。

こんな夜なら、行燈《あんどん》を灯《とも》さなくても縁側で書きものができそうだ。

美津は縁側に文机《ふづくえ》を持ち出して紙を広げた。凌雲の筆の走り書きの文字を、美濃紙《みのがみ》に丁寧に清書する。

伝右衛門と一緒に行う犬塾のための教本作りだ。

凌雲の不愛想で親切とはいえない言い回しを、意味を変えずに、若い娘やお年寄りにもわかるように易しい言葉で書き直す。

ただ一言「犬には葱《ねぎ》を与えてはいけない」と書くよりも、「犬に葱を与えると、ほとんどの場合は腹を下してしまいます。場合によっては命を落とすこともあります。くれぐれも注意しましょう」と書いたほうが、きっと間違いは少ないだろう。

相手を思いやり、ほんとうの気持ちが伝わるように言葉を尽くすこと。

飼い主さんの気持ちを少しでも楽にして、動物と末永く幸せに暮らしてもらうこと。

これは凌雲にも伝右衛門にもできない。私でなくてはできない仕事だ。

そんなふうに胸に言い聞かせながら、しばらく筆を運んだ。

「お美津、悪いが肩を揉んでもらえるか？　先ほど少しうとうとしてしまった際に、筋を違えたようだ」

凌雲に声を掛けられて、美津ははっと顔を上げた。

「ええ、もちろんです。きっと先ほど黒太郎と一緒に、炊事場の土間で寝てしまったせいですね。こんなところで寝たら筋を違えるのではと、心配していたんです」

美津は筆を置いて、縁側へ出てきた凌雲に駆け寄る。

「どのあたりですか？　強く痛みますか？」

凌雲の肩にそっと手を置いた。

「首の付け根だ。ああ、ありがとう。そのあたりだ」

「お任せください。ずいぶん血の巡りが悪くなっていますね。凌雲さんはいつもたくさん本を読んでいるので、肩こりが酷いのかもしれませんね。きちんと治しましょう」

美津は腕まくりをして、力を込めて凌雲の肩を揉んだ。

「ありがとう、ずいぶん楽になった」

しばらくしてから振り返った凌雲が、目を丸くした。

「お美津……」

「へっ？」

「そんなに熱心にやってくれていたとは、知らなかった。気付かずにのんびりしていて悪かった」

肩で息をしながら、渾身の力で肩揉みをしている顔を見られてしまったのだ。

「い、いいえ。凌雲さんに少しでも楽になってもらいたくて……」

「交代しよう。今度はお美津が座れ」

「交代ですって？　夫が妻の肩を揉むなんて、そんな話、聞いたことがありませんよ」

「いいから、座ってくれ」

凌雲に腕を引かれて、美津は目を白黒させながら縁側に座った。

美津の両肩に大きな温かい掌が乗った。湯に浸かっているような心地よさを感じる。

「お美津、酷い肩こりだな」

凌雲の手がぎこつなく肩を揉む。

「そうですか？　己ではちっともわかりません。それに私は、頭を使うことなんてほとんどありませんから」

「頭を使う、だって？」

「肩こりというのは、凌雲さんのように頭を使って生きる賢い人がなるものでしょう？」

「肩こりというのは、血行の滞りだ。同じ姿勢で根を詰めて何かをすると誰でも起きる。頭を使うかどうかは関わりない。それに――」

凌雲がほんの刹那だけ黙った。

「軽口でも己を馬鹿のように言うのはいけない。お美津は賢い女だ」

「えっ？」

驚いて振り返った。

月明かりに照らされた凌雲が、仏頂面でうどんを捏《こ》ねるような顔をして美津の肩を揉んでいる。

「……ありがとうございます。嬉しいです」

頬が熱くなるのを覚えながら、美津は再び庭に目を向けた。

凌雲に肩を揉んでもらっていると、ぐんと身体が軽くなっていくのがわかる。

一日の疲れが幻のように消えて、これから掃除や洗濯といった面倒くさい家事も難なくこなしてしまえるような気分になる。

「そういえば、今日、水茶屋で鈴蘭さんというお医者さんのことを聞いたんです。凌雲さん、ご存じですか？」

「鈴蘭？　名からすると女か？」

「ええ、それも、腕の良いけもの医者だそうです」

「聞いたことがないな。お江戸の話か？」

凌雲が怪訝そうに答えた。

「飼い主さんが浅草寺の水茶屋でそのことを話していたので、おそらく、お江戸の人だと思います」

「浅草寺の水茶屋に行ったのか？　人混みが酷かっただろう？」

凌雲の少し心配そうな口調が、美津には嬉しい。

「お仙ちゃんのお願いで、爪やすりと手袋を渡しに行ったんです。もぐらの爪がとんでもなく太くなってしまっているから、なるべく早くにやすりが欲しいと言われて」

「……お美津、今、もぐらの爪が太いと言ったな？」

「ええ。もぐらって、ほんとうに横着な子らしいですよ。猫が何より好きなはずの爪とぎさえ怠けて、日がな一日ごろごろしているそうです。だから、お仙ちゃんが爪やすりでお手入れをしてあげなくちゃ、って言っていました」

あんなだらしない猫を見たことがないよ、と、もぐらの話をする仙の口調には、どこか愛おしさが籠っていた。

「お美津、なるべく早くに《毛玉堂》にお仙ともぐらを呼ぶことはできるか？」

凌雲の口調がこれまでとは打って変わって、真剣なものになっていた。

「ええ、お仙ちゃんは今でも日に一度は古巣の《鍵屋》に顔を出して、己の美貌に少しも衰えがないことを示しに行っていると聞きました。《鍵屋》さんの女将《おかみ》さんに言伝を頼みます」

美津は姿勢を直して頷いた。

「頼む、なるべく早くだ」

七

「おはようございます、凌雲先生。実はしばらく奮闘してみて、もぐらを私にべったり慣らすには、お互いあともう数歩の歩み寄りが必要かと感じました。今のように汚く臭いが強いままでは、どうしても布団に入れて抱いて寝てやるわけにはいきませんものでね。つきましては、どうかもぐらを、あったかいお湯でささーっと手早く洗うことをお許しいただけましたらと……」

「猫が臭いというのは、やはりおかしいことだったんだ」

凌雲が仙の言葉を遮った。

「本来臭わないはずの獣が臭うときは、汚れが原因ではない。病のにおいなんだ」

「病ですって？　もぐらが病だなんて、そんなことがありますか？　こんなにずっしり大きくて、おっかさんのくせに綺羅綺羅の子守りもろくにしてくれなくて、ごろごろ、だらだらしているふてぶてしい子ですよ」

仙が悲痛な声を上げた。

「もぐらを診せてくれ」

今日のもぐらは、逃げ出すのを防ぐために、きちんと網の袋に入れてから籠の中に入れてある。

この数日で、もぐらはずいぶんと仙に気を許してくれるようになったのだろう。

凌雲と美津は、気が高ぶって唸り声を上げているもぐらに嚙みつかれないように注意しながら、網の袋ごともぐらを籠の外に出した。

凌雲はそのまま網の上から、もぐらの身体を触る。

もぐらは身を縮めて耳を下げ、威嚇の顔だ。

「爪が太くなってしまっていると聞いたな」

「はい、こんな汚くてみっともない爪のままじゃ、よくないと思いましてね。私の着物に爪を引っ掛けられても困りますし」

仙が脇からひょいと手を伸ばし、もぐらの前脚の爪を見せた。

爪の先の尖ったところはやすりで綺麗に整えてある。だが、その爪はマネキの爪の三倍くらい大きい。

「もぐらは横着で爪とぎをしないんじゃない。毛並みの手入れをしないで、汚いままにしているんじゃない。身体の不調のせいでできないんだ」

美津の胸に、昨夜の光景が蘇った。

凌雲に己でも気付いていなかった肩こりを指摘され、生まれて初めてじっくり肩を揉んでもらった。

肩の強張りと痛みが消え去ると同時に、これから何でもできるような力が湧いてきたことを思い出す。

きっと、もぐらはその逆だ。

身体が辛《つら》いせいで、己の身に気を配ることができなくなってしまっていたのだ。生き物には本能がある。汚れをそのままにしていれば病に罹《かか》る可能性も増え、臭いがあれば敵に見つかってしまう。誰だって、汚いままがいいなんてはずがない。

凌雲が、真剣な顔でもぐらの身体のあちこちを押さえた。

「ぎゃっ！」

ある刹那、もぐらの鋭い悲鳴が聞こえた。

「やはりそうだ。もぐらはこの節を傷めている。おそらく高いところから落ちたせいだろう。節を傷めた獣は、四肢を踏ん張ることができない。爪とぎもできず、糞も落ち着いてひとところにできなくなり、身体の手入れをする力もなくなってしまうんだ」

凌雲がもぐらの後ろ脚をしばらく触ってから、「うっ」と唸るように力を込めた。

「ぎゃっ！」

もぐらは再び叫ぶ。

「節がすっかり外れていたものを、ひとまず手技で戻した。しばらくは添え木を当てておこう。日々歩く様子に目を配り、節に力がかかる排せつのときは脇で支えてやってくれ」

「凌雲先生、ありがとうございます。もちろんそうさせていただきます。けれど、けれど……」

仙は呆然とした顔で、もぐらに近づいた。

「もぐら、あんた、横着者なんかじゃなかったのかい？　ほんとうは脚の節が痛くてたまらなくて、爪とぎも身体の手入れをすることもできず、ただひたすら眠り続けて痛みに耐えることしかできなかった、かわいそうな猫さんだったのかい？」

仙の声に涙が滲む。

「私、あんたのことを少しもわかっちゃいなかったさ。こんなの、猫の神様に申し訳が立たないよ」

仙がわっと泣き崩れて、もぐらの毛並みに顔を埋めた。

もぐらが優しい目で仙を見つめて「にゃあ」と鳴く。もぐらの口元から凄まじい臭いが漂う。

「凌雲先生、強い臭いは病の匂いだというなら、きっともぐらは歯も悪くしていますね？　どうぞ診てやってください」

「お仙の言うとおりだ。もぐらが怖がらないように、抱いていてもらえるか？」

「もちろんですとも」

仙が泣き顔のまま、もぐらをしっかりと胸に抱いた。いかにも武家の奥方らしい鹿の子絞りの高そうな着物のことは、少しも意に介していない様子だ。

「お仙ちゃん、綺麗なお着物はいいの？　私が代わってもいいのよ？」

美津が声を掛けると、仙はきっぱりと首を横に振った。

「着物なんてどうでもいいのさ。私は痛みで苦しんでいるかわいそうな子を、汚い、横着者なんて馬鹿にした己のことが悔しくて、悔しくて……」

仙が、よよ、と泣き崩れた。

「獣には胸の内を伝える言葉がない。だから獣がほんとうに考えていることは、人には決してわからない。すべて人の思い込みだ」

凌雲が静かに言った。

「凌雲先生のおっしゃるとおりです」

仙が頷く。

「だからこそ私は、うちの子が常に健やかであるかどうかを、まず考えなくちゃいけなかったんです。きっと、この世には、もぐらみたいに気の毒な猫がたくさんいるはずです。私は少しでもそんな猫たちのために……」

「その話は後で聞こう。お仙、もぐらの身体をしっかり抱いていてくれよ」

「はいっ！」

凌雲がもぐらの口をこじ開けて、口の中を覗き込む。

「歯の肉がずいぶん腫れているな。手前の歯はもう抜くしかなさそうだ」

凄まじい悪臭を放つもぐらの口の中に、凌雲は少しもためらうことなく指を突っ込む。

「もぐら、もぐら、もうすぐだよ。すぐに凌雲先生が、お前の痛いところを治してくれるからね」

仙がもぐらに頬を寄せて囁《ささや》くと、もぐらは、凄まじい形相で凌雲と仙のことを睨みつけて、「うおおお！」と怒りの叫び声を上げた。

八

《毛玉堂》の庭で、それぞれ色も大きさも様々な犬を連れた五人ほどの飼い主が、真剣な面持《おもも》ちで伝右衛門の話を聞いている。

「犬の幸せを願うならば、何より先に犬という獣について知らなくてはいけない。犬には人と同じように喜怒哀楽の心があることは、ここにいる皆さまならば疑いようのないことだろう。だが、だからといって人の子とまったく同じように扱うのは、犬にとってもとっても不幸なことだ。では、まずは犬の食事から話そう。手元の本を開いてくれ」

一斉に美津が書いた教本を捲《めく》る中に、空いた片手で忙しなく黒太郎を撫で回す仙の姿がある。

黒太郎はどこか不思議そうな顔をしながらも、仙に存分に撫でまわしてもらっているので、寂しがって鳴くことはない。

他の犬たちのように、大人しく仙の脇に控えている。

「お美津ちゃん、これはとんでもなくいい本だね。言葉が易しくて、可愛い絵も描かれて、とてもわかりやすいよ。この書き方をそっくりそのまま、猫さんの教本の参考にさせてもらっても平気かい？」

「もちろんよ。そんなふうに褒めてもらえると、嬉しいわ」

美津はにっこりと笑った。

あれから仙は、伝右衛門の対となる猫塾の師匠となるため、猫の育て方の教本作りに取り組んでいる。

今日は、黒太郎をお供に、伝右衛門のやり方を学ばせてもらう大事な機会だ。

日々、甲斐甲斐しくもぐらと綺羅綺羅の母子の面倒を看ながら教本の草稿を作っては、ちょくちょく《毛玉堂》を訪れて凌雲の意見を仰ぐ。

当初は面食らっていた凌雲も、次第に仙の熱意に負けて、仙の草稿の細かいところに注文を付けたり、貴重な本を貸してやったりもしているようだ。

「うちの子は困ったことをする、悪いことをする、そんなふうに感じたら、腹を立てる前にまず、身体の不調がないかを念入りに確かめてやって欲しい。どうか、今一度、身体が辛くてたまらない犬が、飼い主に『お前は悪い奴だ』と叱り飛ばされている光景を想像してみてくれ」

「……伝右衛門先生。そんな光景は耐えられません」

飼い主たちは皆揃って目に涙を溜めて、己の犬にひしと寄り添う。

犬たちの尾が一斉に左右に嬉しそうに揺れた。

「飼い主と犬との関係がうまくいかなくなったら、気軽に伝右衛門を、そして《毛玉堂》を訪ねてくれ。きっと力になれることがあるに違いない」

凌雲が頷いた。

「……だってさ。あんたの先生は立派なお方だねえ。おうい、聞こえているかい？　きっと聞こえているよね」

仙が小声で黒太郎に耳打ちする。

黒太郎はぽけっと口を開けて、ただ一点を見つめていた。

「ねえお美津ちゃん、獣の考えていることのすべてをわかってあげられたらいいのにね。そうしたら獣を雑に扱う人も、いじめる人も、私のように良かれと思って間違ったことをしちまう人もいなくなるよ。これから百年したら、そんな薬が見つからないもんかねえ」

仙が黒太郎の頭を撫でながら言った。

「その薬って、獣が飲む薬？」

「ああ、そうだよ。犬も猫も一粒飲んだら、途端にぺらぺらと人の言葉を話すようになるのさ。『お前のことは気に喰わねえ』とか『あんた、汚い手で私に触らないでおくれ』とか、己の気持ちを言うことができる。ぴしゃりと言われれば、悪い奴ってのは恐れをなして逃げていくもんさ」

「お仙ちゃん、それは違うわ」

美津は優しく首を横に振った。

「獣は言葉を喋る力が欠けているわけじゃないのよ。今のままでじゅうぶんなの」

「どういう意味だい？」

「獣は私たちの心をわかってくれる。それに、きちんと己の心を伝える方法を持っているわ。私たちはそれに気付くことができるように、獣のことをきちんと学ぶ。それがお仙ちゃんが猫塾でやりたいことでしょう？」

二度目に《毛玉堂》にやってきたもぐらが、綺麗な着物の仙に抱かれて、凌雲の治療に耐えていたのを思い出す。

もぐらは酷い唸り声を上げていたが、決して仙の手に噛みついたり爪を立てたりすることはなかった。

仙のもっと仲良くなりたいという気持ち、どんな汚い姿でももぐらを飼い続けるという覚悟は、もぐらにきちんと伝わっていたに違いない。

「そうか。確かにね。私たちが、獣の気持ちをわからなくちゃいけないんだね」

仙が頷いた。

「では、それぞれ己の犬が今何を考えているか想像してみてくれ。順に言ってもらおう」

伝右衛門が厳《いか》めしい顔で言った。

「えっ？」

飼い主たちが己の犬と顔を見合わせた。

ある犬はいきなり高らかに吠え始め、ある犬は飼い主に飛びついて顔を舐めまわす。何を勘違いしたのか、涎《よだれ》を垂らして餌を探そうとしたり、悲鳴を上げて駆け出そうとする犬もいる。

「黒太郎、あんた、今、幸せかい？　きっと幸せだよね？　ここのところずっと寝不足のお美津ちゃんと凌雲先生のためにも、そういうことにしておくよ」

仙が黒太郎の曇った眼を覗き込んで、優しく微笑んだ。

黒太郎は少々迷惑そうに身を引いてから、まあいいか、というようにおざなりに尾を振る。ちらりと美津に助けを求めるような目を向けるのが、何とも剽軽《ひょうきん》だ。

「お仙ちゃん、やめてあげて。黒太郎が困っているわよ」

美津はそんな二人の呑気な姿を見つめて、くすっと笑った。

猿田彦

一

空が晴れ渡り、朝の陽が心地良い。秋の香《かぐわ》しい風が、《毛玉堂》の庭を吹き抜ける。

こんな日は庭での日向ぼっこが気持ち良いだろう。美津は玄関の土間から黒太郎を抱き上げた。

「よいしょっと」

かつては筋の漲《みなぎ》っていたたくましい身体が、今では驚くほど軽い。けれど「ありがとう」と軽く挨拶をするようにぱたりと尾を振るその姿が、たまらなく愛おしい。

「あら、黒太郎、ありがとう」

表に出してもらえると気付いたのだろう。黒太郎が、美津の頬を遠慮がちにぺろりと舐めた。

そういえば黒太郎は、我が家にやってきた頃からずっと、こんなふうに気を遣う子だった。

美津と凌雲が黒太郎を心から大事に思っていることはじゅうぶんに承知しているはずなのに、どこか申し訳なさそうに人の顔色を窺うところがある。

「こんなに良くしていただいてすみません」「私がいただいてもよろしいんでしょうか？」そんなふうに言っているかのように、折に触れて情けない目でこちらを見る黒太郎に、この子はこれまでどれほどの目に遭ったのかと不憫《ふびん》に思ったこともある。

しかしこのところ、そんな黒太郎の気質が、惚けが進んだことによってずいぶんずうずうしくなった。

まるで家来を呼びつける殿様のように、夜通しきゃんきゃんと吠え続けて己の我を張る。

疲れているときや寝入っているときは、勘弁して欲しいと思ってしまうときもあった。だが、あの気弱だった黒太郎がこんなふうに好き放題、我儘に暮らしている姿は、ついにこの家で安心してくれたのだとどこか嬉しくもあった。

「みんな、おはよう。黒太郎が来たわよ」

黒太郎を庭に下ろすと、白太郎と茶太郎が庭の隅から一目散に駆け寄ってきた。三匹は互いに尾を振り合って顔を見合わせ、ほんの束の間の朝の挨拶を交わす。

「みんな仲良しね。今日も楽しく過ごしましょうね」

見慣れた光景を、美津は笑顔で見つめた。

動物の命は人よりもずっと短い。

《毛玉堂》で働いていると、日々そう思い知らされる。こうして三匹が健やかに楽しそうにしているこのときは、かけがえのないものなのだ。

そのとき、三匹の犬の耳がぴくりと動いた。同時にはっと身構えた。

「えっ？　どうしたの？　患者さん……かしら？」

《毛玉堂》の犬たちは、犬猫の患者の訪れには慣れているはずだ。

同じ獣同士、通じるものがあるのだろう。病や怪我に苦しんで訪れる患者に対して、《毛玉堂》の犬たちが意地悪く吠え立てることは決してない。

しかし今は、朝餉もまだの、陽が昇ったばかりの早朝だ。

患者がやってくるにはずいぶん早い。見知らぬ人の訪れにも……さすがに早すぎる。

「お美津ちゃーん」

くぐもった声が、クチナシの生垣の向こうから聞こえてきた。

「お仙ちゃん？　こんなに早くにいったいどうしたの？」

まさか政之助と喧嘩でもして、お屋敷を飛び出してきたのだろうか。

「それが……、それがさ……」

ざざっとクチナシの葉を鳴らす音が響く。

「そんなところに隠れていないで早くいらっしゃいな。もしかして、着物が枝に引っ掛かったの？　だから生垣の隙間からじゃなくて、玄関から入ってちょうだいとあれほど……」

「引っ掛かってるのは、着物じゃないさ」

「へっ？　いったい何が？」

仙の悲し気な様子に、慌てて声がしたほうへ駆け寄った。

「わわっ！」

生垣の隙間で、仙が一抱えほどもある茶色い太った犬を抱いていた。

「こちらは小梅《こうめ》さんだよ。《鍵屋》の女将さんの家で飼われている子さ。どうぞよろしくね」

小梅と呼ばれた犬は、まるで丸髷が似合いそうなふっくらした豊かな顔だ。美津に愛想良く尾を振る。

この小梅の身体が大きすぎて、いつものクチナシの生垣の隙間を通り抜けることができなかったようだ。

「小梅さんは抱っこが大好きなんだ。抱っこさえしてもらえれば、どこの誰といても心から幸せでいつまでもご機嫌でいらしてくれるという、奇特な犬さんなんだよ」

「小梅……さんは、どこか身体の具合が悪いの？」

猫好きなあまり、まるで猫が乗り移ったように犬を軽んじるのが仙の良くないところだったはずだ。その仙が、こんな朝早くに、いかにも重そうな大きな犬を抱きかかえてやってくるなんて。

「小梅さんは、どこも悪いところはないよ」

仙の言葉に頷くように、小梅が尾を振った。

「それじゃあ……」

「身体が悪いのは、この私さ」

「お仙ちゃんが？　えっと、それじゃあ、どうして小梅さんを……」

大きな犬を抱えているせいで、仙の額には汗が滲《にじ》んでいた。身体の具合が悪い者がすることには見えないが。

「私はさ、この小梅さんがいなくちゃ生きていけなくなっちまったんだ」

「生きていけない、ですって？　ずいぶん大仰なお話なのね。けど、お仙ちゃんが、犬の良さに気付いてくれたってことなら、私もすごく嬉しいわ。犬ってほんとうにかわいいでしょう？」

美津は仙の腕の中の小梅の頭を撫でた。

小梅は、はあはあと舌を出して息をしながら、まるで笑っているような顔をする。

「小梅さん、ありがとう。あなたのお陰でお仙ちゃんがようやく犬好きになってくれたわ」

小梅は毛並みが良く、目に力がある。よく人に慣れて、飼い主の気配りの行き届いた良い犬だ。

「違うよ。そんな浮かれた話じゃないのさ」

小梅の動きがぴたりと止まった。

「い、いや。違わないね。私は犬が大好きだよ」

仙が、不味い、という顔をして慌てて取り繕う。

「犬ってのは顔、毛、色、どれもほんとうに素敵だよねえ」

仙が、小梅の機嫌を取るように愛想笑いをする。

「けど、何より私が好きなのは、犬の匂いさ」

「へえっ!?」

美津は素っ頓狂な声を上げた。

「自分でも、どうしてだか少しもわからないんだよ。ある朝起きたそのときから、犬の匂いが好きで好きでたまらないんだ。犬の匂いを嗅いでなくちゃ、ひとときも心穏やかでいられないのさ」

仙が、己を持て余すように顔を顰める。

「……それって猫じゃ駄目なのかしら？」

美津は何が何やらわからない気持ちで、間抜けなことを訊く。

「もちろん綺羅綺羅も、もぐらも試してみたさ。けど、駄目なんだ。どうしても犬の匂いじゃなくちゃ駄目なのさ。だから小梅さんに、こうして日がな一日、お力添えをお願いしてるってわけだよ」

仙は小梅の毛並みに顔を埋めると、大きく息を吸い込んだ。

二

「犬の匂いか……」

縁側でお茶と煎餅《せんべい》を囲みながら、それでも決して小梅を手放そうとしない仙を前に、凌雲が首を傾げた。

「確かに犬は、どんな壮健な若い犬でも皆、ある程度の体臭があるものだ。母猫のもぐらが、病のせいで強い臭いを放っていたときとは違う。きちんと毛並みの手入れをしていれば、犬を可愛がる者にとっては嫌な匂いではないはずだが」

しかし仙の場合は順序が違う。

「匂いを好きになったのが先なんですよ。朝起きると、胸のあたりがむかむかして、どうしても犬の匂いを嗅がなくちゃ居ても立っても居られない心持ちになるんです。それで、このところは毎朝起きたら化粧もせずに、えずきながら小梅さんのお宅に駆け込んでいますよ」

話を聞いていた美津は、おやっと何かが引っ掛かる。

「ねえ、お仙ちゃん、それってもしかして……」

そのとき、庭から「きゃん！」と鋭い犬の悲鳴が聞こえた。続いて、「きゃん、きゃん」と悲し気な鳴き声。

「黒太郎でしょうか？」

美津と凌雲は、顔を見合わせた。

凌雲が素早く立ち上がる。

「お仙ちゃん、ちょっと待っててね。黒太郎の様子を見てくるわ」

美津も凌雲を追って腰を浮かせた途端、二匹の犬が凄まじい勢いで家の中に飛び込んできた。

「白太郎、茶太郎？　いったいどうしたの？」

二匹ともひどく息が荒い。目を見開き耳が下がって怯えている様子だ。

「おうっと、小梅さん、どこに行くんだい？　待っておくれよ」

仙の腕の中の小梅が、二匹の様子に巻き込まれるように身を捩《よじ》った。仙の腕を振り払って、部屋の奥に必死で逃げようとする。

「ちょ、ちょっとお仙ちゃん、危ないわ。一旦、小梅さんを放してあげて」

なおも小梅にしがみ付こうとしている仙をどうにか引き離し、怯えている犬たちのために押入れの戸を開けた。

白太郎、茶太郎、そして小梅の三匹は、脱兎《だつと》のごとく押し入れに飛び込んで、ぶるぶる震えている。

「お美津、ここは頼んだぞ。私が行く」

凌雲が険しい声で言うと、炊事場に駆け込み火掻《ひか》き棒を手に戻ってきた。

「凌雲さん、お気を付けて」

いったい庭で何が起きたのだろう。

怖くてたまらない胸の内を奮い立たせて、強い声で言った。

「うわっ！」

凌雲が庭に下りてすぐに、低い声が響いた。

「凌雲さん！」

「待って、お美津ちゃん。ひとりにしないでおくれよ」

仙が美津にしがみ付いてくる。

「だって、凌雲さんがたいへんなのよ。……あらっ？　お仙ちゃん？」

仙の身体に力がない。顔色も紙のように白いと気付く。

「お仙ちゃん、具合が悪いの？」

慌てて仙の額に手を当てる。目はうつろだ。おまけに熱もあるようだ。

「な、なんだこれは!?」

今度は、庭から凌雲の大声。

「えっ？　凌雲さん、いったい何が!?」

「お美津ちゃん、行かないで。お願いだよ。なんだか身体がおかしいんだ……」

仙と凌雲、どちらもたいへんなことになっている。

何が何だかわからないまま、美津が仙の顔を覗き込んだり、庭に首を伸ばしたりを繰り返していると――。

「待てっ、黒太郎！」

縁側の向こうを、黒太郎がよろつく足取りながら一目散に走り抜けた。

「ええっ⁉」

黒太郎の背には、色鮮やかな着物を着た子供がひとり乗って、まるで手綱を握るように身をくねらせておどけた様子だ。

いやまさか、そんなはずはない。

「さ、猿⁉」

仙が素っ頓狂な声を上げた。

「そうだ、猿だ。庭にこの猿が迷い込んできたんだ」

凌雲が必死に黒太郎の後を追いかけながら言った。

「きゃん、きゃん！」

黒太郎は混乱しているのだろう。猿を振り落とすように身を震わせた。

「きいっ！」

猿が黒太郎の首元の毛にしがみ付きながら、歯をむき出しにして威嚇してみせた。

黒太郎の背に拳を振り上げる。

「やめなさいっ！　もし黒太郎を叩いたら、承知しないわよ！」

人に良く似た憤怒《ふんぬ》の表情は恐ろしい。

美津は思わず、人の子を叱りつけるように太い声を出した。

「お美津ちゃん、お、おっかないよう……」

仙がか細い声を出しているが、今は黒太郎のほうが一大事だ。

猿は美津の大声にびくりと身を縮めてから、すぐに美津に向かって喚《わめ》き声を上げる。

そのとき、庭先から「ぴいっ！」と耳をつんざくような鋭い口笛の音が聞こえた。

猿ははっとしたように動きを止めた。

顔が強張り、全身の筋が固まる。直立不動の格好だ。

そのまま猿は、まるで人形のように黒太郎の背から庭の砂利《じゃり》の上にばたりと落ちた。

「いやあ、いやあ、たいへんなご迷惑をお掛けいたしました。何とお詫びを申し上げて良いのやら」

庭の生垣の隙間から、ひとりの男がにゅっと顔を見せた。

口髭だけを長く伸ばして油で撫でつけた、ナマズのような男だ。

目がちかちかするような派手な色使いの着物からすると、この男は猿回しだ。《毛玉堂》の庭で狼藉《ろうぜき》を働いたこの猿の飼い主に違いない。

「皆さま、お怪我はありませんかな？　私は猿回しの名無《なな》し兵衛《べえ》。こちらの家にはお子さんはいらっしゃいませんね。ああ、よかった。猿田彦《さるたひこ》は、たいへんな子供嫌いなものでしてね。小さな子が『かわいい！』なんて軽々しく手を出したら、いったい何をしでかすやらわからない恐ろしい奴です」

名無し兵衛と芸名を名乗った猿回しは、猿田彦と呼ばれた猿に目を向けた。

猿田彦は先ほどと同じ姿勢のまま、庭に倒れて微動だにしない。

「それと猿田彦は、犬も大嫌いでしてねえ。老いぼれた弱っちい犬を見つけると、大喜びでいじめたがるんですよ」

「老いぼれた弱っちい犬……」

美津は密かに呟いて、眉間に皺《しわ》を寄せた。

黒太郎のことをそんなふうに言われて、良い気分になるはずがない。

ふいに仙がすっと身を起こした。

「黒太郎のことを老いぼれだって？　弱っちいだって？　己の責も忘れて、よくも失礼なことが言えたもんだねえ。それにこのまま小梅さんが怖がって押し入れから出てきてくれなくなっちまったら、どうしてくれるのさ！」

仙が、名無し兵衛を怒鳴りつけた。

「おやおや、これはこれは、失礼いたしました」

名無し兵衛は、酔った客をあしらうようにおどけた様子で頭を下げる。

「猿田彦、先ほどからずっとこの格好ですが平気ですか？」

抱き上げてやりたかったが、先ほど拳を振り上げた憤怒の顔からすると、猿田彦はずいぶん気性が荒そうだ。噛みつかれてはかなわないので、ここは飼い主に任せるしかない。

「ええ、もちろんですとも。猿田彦は、口笛が鳴ったら最後、二度目が鳴るまで必ず死んだふりをしなくてはいけないと、それはそれは厳しく仕込んでおります」

「では、早く二度目の口笛を鳴らしてやってくださいな」

猿が微動だにせずにうつぶせに倒れている光景は、少々気味が悪い。

「ああ、そうですな。うっかり忘れておりました」

名無し兵衛が口笛を吹くと、猿田彦は氷が溶けたように動き出した。

「では、これにて失礼いたします。猿田彦、行くぞ！」

猿田彦は「きいっ！」と叫び、歯を剝き出しにして、怒りの表情をそこにいる皆に存分に見せつける。

だが脚だけは身体と切り離されたように、名無し兵衛を素早く追いかける。

「まったく憎たらしい奴だねえ。そんな物騒な猿、くれぐれも頑丈な檻《おり》に閉じ込めておいておくれよ！」

仙が名無し兵衛の背に向かって言った。

「そうしたいのは、やまやまでございますとも」

名無し兵衛は少しも応えていないように、振り返らずにひらひらと手を振る。

「お仙ちゃん、そんな言い方は失礼よ」

「何が失礼だい？　あれがちょうど今だったからよかったものの、《毛玉堂》に患者さんが来ているときだったら、いったいどうなっていたと思うんだい？　飼い主さんの目の前であんなことになったら、きっと《毛玉堂》にまで悪い噂が立つよ」

ふいに名無し兵衛の足が止まった。

「《毛玉堂》だって？　この家があの《毛玉堂》？」

三

「ねえ、どうしてこんなに憎たらしい奴を、《毛玉堂》で預かる羽目になるんだよ。

お美津ちゃんも凌雲先生も、人が好すぎるよ」

庭に頑丈な紐で繋がれた猿田彦が、仙に向かって歯を剥き出しにして唸る。

「うるさいねえ。私は、本気で闘ったら決して負けないよ。あんたなんて、片手で叩きのめしてぺったんこの猿煎餅にしてやるさ」

仙も、同じ顔で「いー」と歯を剥き出しにする。

猿田彦と名無し兵衛に腹を立てたおかげで気が紛れたのか、仙の身体の具合はすっかり良くなったように見える。

「お仙ちゃん、やめてちょうだいな。猿田彦がかわいそうでしょう」

「何を言っているんだい。かわいそうなのは、黒太郎だろう？」

黒太郎はあれからすっかり驚いて腰を抜かしてしまった。奥の部屋で凌雲に手厚く介抱されている。

白太郎と茶太郎、それに小梅は、猿田彦が庭にいるせいで、警戒してまだ押し入れから出てこない。

「……でも、猿田彦だってかわいそうよ」

猿田彦が再び仙に向かって、きいきい鳴いて地団駄《じだんだ》を踏む。

全力でこちらに敵意を見せつけてくる獣を憎たらしく思ってしまう、仙の気持ちはよくわかる。それも黒太郎に酷いことをされたなら、なおさらだ。

しかし、動物は人と比べて、どこまでも小さくどこまでも非力だ。

いくら嫌でも、本気で人に逆らうことはできない。

特に猿田彦のように人に飼われて芸を仕込まれているならば、己の好きなように気ままに生きることは決してできないだろう。

常日頃から苛立《いらだ》ちが募っていてもおかしくない。

「猿田彦は、怒っているんじゃなくて、怯えているだけなのかもしれないわ」

「怯えているだって？　ふうん、確かにね」

仙が肩を竦《すく》めた。

「あの名無し兵衛って猿回し、ずいぶん厳しく芸を仕込んでいるみたいだったねえ。頭では反抗しつつも、身体は勝手に従っているってあの奇妙な感じは、同じ厳しい躾をされていても、《賢犬堂》の犬たちにはなかった姿だよね」

「そうね。犬と猿とでは、きっと違うところもたくさんあるはずだけれど……」

猿田彦と名無し兵衛の関わりは、美津の目にもひどく厳しく見えた。

「それで、できそうなのかい？」

「わからないわ」

美津は不安げに呟いた。

「そんな！　お美津ちゃん、あの場ではあんなに自信満々に『《毛玉堂》にお任せください！』なんて胸を張っていたのに」

仙が目を丸くした。

「そう言うしかないでしょう。猿田彦の〝悪い癖〟が抜けなかったら……」

「〝お払い箱にする〟って言っていたね。酷い言いぐさだね。あの名無し兵衛は、猿田彦のことを手前の仕事道具としか思っていないんだよ」

仙が眉間に皺を寄せた。

名無し兵衛が《毛玉堂》に相談したいと言った猿田彦の〝悪い癖〟とは――。

「『鍵の開け方を覚えちまった』だって？　面白がって教えたのは手前だろうに」

少し前、名無し兵衛は、猿田彦に鍵の開け方を仕込んだという。

猿回しが猿を幾度檻の中に閉じ込めても、猿は飄々《ひょうひょう》と鍵を開けて外に出てくる。

そんな笑い話を演じさせるためだ。

この出し物は大いに受けが良かった。

まずは猿が鍵を開ける、というその姿が客にとってはとても興味深い。

おまけに猿が飛び出してくるときに猿回しの名無し兵衛が大仰に腰を抜かせば、そのたびに大きな笑いが起きる。

しかし鍵の開け方を覚えた猿田彦は、普段寝床にしている己の檻の鍵も自在に開けるようになった。至極、当たり前のことだ。

――おそらくコツを掴んでしまったのでしょうなあ。何度鍵の形を変えてもすぐに開け方を見つけてしまい、脱走しては、こんなふうに人様に迷惑を掛けて回るんですよ。面倒なことになってしまいましたよ。

名無し兵衛は、いかにも他人事のように言った。

――《けもの医者の毛玉堂》。評判はあちこちから聞いておりますぞ。どうぞ、先生のお力で、猿田彦が鍵の開け方を忘れるようにしてやってください。さもないと……。

「忘れる、って難しいことだよね。人だって、もう忘れなくちゃと思うようなことほど、かえって胸に残っちまったりするもんだろう？　猿に一度教えた物事を忘れさせるなんて、そんな都合のいいことができるんだろうかねえ？」

仙が渋い顔をする。

「やらなくちゃいけないわ。そうでないと、猿田彦は……」

美津は、怒りで顔を真っ赤にしながら地団駄を踏む猿田彦を、じっと見つめた。

四

今宵はぐんと冷え込む夜だ。

美津がいつものように搔巻《かいまき》を出して夫婦の寝床を整えると、白太郎と茶太郎、そしてマネキが嬉しそうに寄ってきた。

「今日は寒いですね。私は古い綿入れを着こんで、黒太郎と炊事場の土間で寝てやろうと思います」

ここしばらくは、粗相《そそう》をしてしまう、夜中に鳴いてしまう、という理由で黒太郎だけを炊事場の土間に寝かせて、美津と凌雲が交代で面倒を看ていた。

しかし、こんな寒い夜は黒太郎も人の温もりが恋しいだろう。

「いや、お美津。土間は冷えるぞ。私が行こう」

「そんな、まさか。凌雲先生が風邪をひいたらたいへんです」

凌雲が寝込んだら、《毛玉堂》を訪れる患者や飼い主たちに迷惑がかかってしまう。

「お美津が風邪をひいたら、もっとたいへんだ」

凌雲が優しく笑った。

「私ですか？　私なんて平気ですよ。うんと身体が丈夫なんです。風邪なんて子供の頃以来、ひいたことがありません。《毛玉堂》へ来てからは、寝込んだことなんて一度もありませんもの」

美津は慌てて首を横に振った。

「凌雲さんを土間で寝かせるなんて、そんなことできるはずがありません。人に知られたらどんな悪妻と叱られるかわかりません」

夜中に黒太郎の世話を交代してもらうだけでも、美津は涙が出るほどありがたいのに。

そう言っている間にも、凌雲は古い綿入れを着こんでしまう。

ふと凌雲が手を止めて、しばらく黙った。

「……ならば、皆で揃って土間で寝るか」

「えっ？」

目を瞠《みは》って訊き返した。

「黒太郎には襁褓《むつき》を当てて、土間に板を敷いて、目いっぱい厚く着込んで家じゅうの布をかき集めよう。それに白太郎、茶太郎とマネキが加われば、寒さも紛れるだろう」

「確かに、それはそうかもしれませんが……」

そんな珍妙なこと、考えてもみなかった。

だが、子供の頃の隠れ家遊びのようでたまらなく胸が躍る。

「わかりました。そうしましょう！」

急いで押し入れから着物を取り出して、土間に蚊帳《かや》を張った。大きな布を蚊帳の上から掛けると幌《ほろ》のようになり、まるで洞窟の中にいるようだ。

中は、皆の温もりでほんのり温かい。

隙間風が吹き込み底冷えするはずの土間が、すっかり心地よい寝床になった。

「なんだか、私たちが犬猫になったような気がします」

美津は犬たちを撫でながら、くすりと笑った。

「思ったよりもずっと良いな」

凌雲はマネキを腹の上に乗せて、満足げだ。

「黒太郎、これならお前も寂しくないだろう？」

普段は暗くなると、途端にとぼとぼと歩き出してしまう黒太郎が、今日は穏やかな顔をして襤褸布《ぼろぬの》に身を埋めていた。

黒太郎がこんなふうに幸せそうに過ごしてくれる様子が、美津にはいちばん嬉しい。

「今日は、たいへんな騒動でしたね」

美津も身を横たえてくつろぎながら、凌雲に話しかけた。

「猿田彦は、ずいぶん気が立っていたな。獣に芸をさせるというのは、凄まじい負担を強いることでもある」

「そういえば猿田彦は、ひとりで寂しくはないでしょうか？」

昼のうちは長めの紐で柱に繋いでいたが、日が暮れてからは心穏やかに眠れるようにと、檻に入れて上から布を被せていた。

鍵を開けてしまうと聞いていたので、檻の鍵にはかなり気を配った。わざわざ錠前屋を呼んで、金持ちが蔵の鍵に使うような、珍しく新しいものを借りてきた。

凌雲が「うーん」と難しい顔をする。

「見知らぬ家に預けられて、寂しいには違いない。かといって、ここで皆と一緒に寝たいというわけでもないだろう」

確かに、もしも猿田彦をここへ連れてきたら、きっとあの凄まじい形相で怒り狂って、〝老いぼれた弱っちい〟黒太郎をいじめてしまうに違いない。

「そうですね。檻の中に布もたくさん入れておきましたから、きっと寒くないはずです」

今からこの寝床で大騒動が始まるのはご免こうむりたい。

猿田彦に少々申し訳ない気分になりながらも、美津は頷いた。

「それと、お仙の身体のことだが……」

「お仙ちゃん、そういえば具合が悪そうにしていましたよね。ここから帰るときは、名無し兵衛さんの悪口をさんざん言い募って、すっかりいつもどおりに見えましたが」

「早めに医者に診てもらったほうがいい。そう伝えてくれ」

「それってやはり、お仙ちゃんは……」

身を乗り出したそのとき、美津は「わっ！」と叫んだ。

蚊帳《かや》に、月明かりに照らされた影が浮かび上がっていたのだ。

子供のように小さくて、前のめりの後ろ脚で立つ姿――。

「淩雲さん、たいへんです！　猿田彦が！」

美津は慌てて幌から飛び出した。

小枝のようなものを手にした猿田彦が、ぎょっとした顔をして身構えている。今にも逃げ出しそうだ。

「猿田彦、まさかあの鍵を開けてしまったの!?」

猿田彦に訊いても答えるはずがない。

預かっている猿田彦が逃げ出してしまったら、たいへんなことになる。

美津は考えるよりも先に猿田彦に飛びついた。

「きいっ!」

猿田彦の怒りの鳴き声が響き渡った。

「お美津、駄目だ。手を放せ!」

凌雲の声が聞こえると同時に、猿田彦が美津の手の甲に嚙みついた。骨が砕かれると思うような凄まじい力だ。

「きゃあ!　やめて!」

余りの痛みに気が遠くなりながら、美津が悲鳴を上げたそのとき——。

凌雲が鋭い口笛を吹いた。

猿田彦はその場で大の字になって、ぱたりと倒れる。

「凌雲さん、ありがとうございます。助かりました」

美津は荒い息をして言った。

「すぐに手当てをしよう」

「は、はいっ！　でもこんなの少しも大したことはありません。平気ですよ」

痩せ我慢でちらりと己の手の甲を見ると、大きな歯形が付いて血が滲んでいた。犬猫のように尖った牙はなく、まるで人の歯形のようだ。獣に加減なく嚙みつかれるというのはこんなに恐ろしいことなのだと、急に震えが起きる。

「猿田彦はどうしましょう」

「こちらは私に任せておけ。やはり夜も、頑丈な綱で繫いでおくのが良さそうだ」

倒れた猿田彦に目を向ける。

「凌雲さん、猿田彦が持っているもの……」

猿田彦の手に握った小枝のようなものに気付く。

小枝だと思ったものは、庭に咲いていた紫の桔梗《ききょう》の花だった。

五

結局、あの騒ぎでまたすっかり黒太郎が怯えてしまい、夜通し宥《なだ》めていた美津も凌雲もひどい寝不足だ。

白太郎、茶太郎、そしてマネキもよく眠れなかったようで、朝になっても皆ぐっすり寝入っている。

夜に眠れなければ昼に眠ればよい、といつも呑気にしている犬猫たちを少々羨ましく思いながら、美津は霞《かす》む目を擦って庭に出た。

しゃがみこんで薬草の畑の手入れをしていると、生垣の葉がざざっと鳴った。

「うえーん。お美津ちゃーん」

小梅を抱いた仙が、涙をぽろぽろ零しながら立っていた。

「お仙ちゃん？　そんなに泣いてどうしたの!?」

このところの仙は常に大騒ぎだ。今度はいったい何事だと思いながら、昨夜の凌雲の「早めに医者に診てもらったほうがいい」という言葉が胸を過る。

慌てて駆け寄った。

「お美津ちゃん、まずは小梅さんを代わりに抱いていてくれるかい？」

「ええ、もちろん。お安い御用よ。小梅さん、こっちへどうぞ」

美津は腕まくりをした。

小梅が美津に目を向けて、愛想良く尾を振る。

「それで、私のちょうど顔のあたりに小梅さんの毛並みがくるように……。そうそう、そんな感じだよ」

「こ、こう？」

小梅は米俵のようにどっしりと重い。美津は奥歯を嚙み締めて、小梅を抱きかかえる。

「いや、もうちょっと上だよ。ああ、いいね。ありがとうよ」

ようやく両手が空いた仙が、頰に伝った涙を袖《そで》で拭いた。

「それで、お仙ちゃんが、どうして、そんなに泣いているのか、話してちょうだいな」

美津は息も絶え絶えになりながら訊いた。

「政之助と喧嘩したんだよ」

「あら、そうだったのね」

これまでの話を聞いていれば、仙と政之助の夫婦喧嘩が初めてだとは思えない。美津はすっかり拍子抜けした心持ちだ。

「今度のは、いつものつまらない小競り合いとはまったく違うよ。お互いの先行きを左右するようなとんでもない大喧嘩さ！」

美津の反応が薄かったのが不満だったのか、仙が目を剝いて大仰に言った。

「どんな喧嘩なの？」

「お美津ちゃんには言ってなかったけどさ。実は、私は、子供なんて大嫌いなんだよ！」

仙は顔を顰《しか》めて、わざと意地が悪そうに言う。

「へえっ？　いったい何の話？」

「政之助の兄さんのところに男の子が生まれたのさ。その赤ん坊が屋敷に遊びに来てさ、みんながかわいいかわいいってちやほやしているもんだからさ、『なんだか、お猿みたいな顔だねえ』って言ってやったのさ。ちょうど猿田彦を見たところだったしね」

「そ、それ、まさか、赤ちゃんのご両親の前で言ったの!?」

美津は気が遠くなりそうになって訊いた。

「いや、まさか。私は客商売が長いから外面はいいんだよ。赤ん坊さまご一行が帰られた後に、政之助に言っただけさ。そうしたら政之助がかんかんに怒ってね。『あんな可愛い子を猿だって？　お前がそんなに意地悪な冷たい女だとは思わなかった！』って大騒ぎさ」

「それはお仙ちゃんが悪いわ。私は政之助さんの気持ち、わかるわよ」

可愛い甥っ子をそんなふうに言われて、和やかに笑っていろというほうが難しいだろう。

これは仙がわざと突っかかっていったとしか思えない。

「私は素直に思ったことを言っただけさ」

「そんなことないでしょう？　私が知っているお仙ちゃんは、そんなに意地悪な人じゃないわ」

美津は仙の顔を覗き込んだ。

「ほんとうのお仙ちゃんは、口は悪いけれど、それは、相手が己よりも強いときだけよ。獣や子供、みたいな小さくて弱いものにはとことん優しいのがお仙ちゃんでしょう？　さっきの『子供なんて大嫌い』なんて言葉も、到底お仙ちゃんの本心とは思えないわ」

「……そんなの、お美津ちゃんの買い被りだよ。私は意地が悪くて冷たい女さ」

仙が急に決まり悪そうな顔で目を逸らす。

「少しここでマネキの背でも撫でて、ゆっくり心を落ち着かせてちょうだいな。それからまた続きを話しましょう」

「マネキ……。撫でさせてもらえたら嬉しいねえ。このところ、私は猫に飢《う》えているのさ」

仙の目が光った。

「そういえば綺羅綺羅ともぐらは、どうしているの？」

もぐらは少し前に《毛玉堂》で風呂に入れて、ふわふわの毛並みの綺麗な猫になったはずだった。

「あの母娘はこのところずっと私のことを避けているんだよ。このところちっとも撫でさせてくれないんだ。私が部屋に戻ると、決して手が届かない戸棚の上に飛び乗って二人で仲良く寄り添って、こちらを見てひそひそ陰口を叩きながら、迷惑そうな顔をしているよ」

仙が口元に手を当てて、内緒話の真似をしてみせた。

「もしかしたら、お仙ちゃんから小梅さんの匂いがするせいかもしれないわね」

猫は犬ほどではないにしても匂いに敏感だ。

飼い主から見知らぬ犬の匂いがすると不安になるのは、仕方ないことではある。

「そんなあ。殺生なことを言わないでおくれよ。私は小梅さんがいないと生きていけないんだよ」

「ごめん、ごめん。これが続くようなら、何とかする方法を一緒に考えましょう。そういえば、身体の具合はどう？」

「すごく悪いよ。いっつもふらふらで、生きているだけでイライラするよ」

仙が膨れっ面をした。

「実は昨夜、凌雲さんが、一度、お医者さんに診てもらったほうがいいかもしれない、って言っていたの」

なるべく怖がらせないように優しく言った。

「お医者だって？　凌雲先生には、私はそんなに具合が悪そうに見えるのかい？」

仙が怪訝そうな顔をした。途端に目に涙が浮かぶ。

「私、もしかして不治の病かもしれないんだね。ああ、やっぱりそうかい。なんだかこのところ、そんな気がしていたのさ。ほんの少しのことで涙が出て、何もかもうまくいかなくて苛立って……」

仙が子供のように口をへの字に曲げた。

「お仙、それは違うぞ」

いつの間にか庭に出ていた凌雲が、きっぱりと言った。

「不治の病ではない。おそらくお仙は、腹に子がいる。吐き気と微熱、それに嗜好《しこう》の変化と情緒の乱れ。おそらく今のお仙の具合の悪さは、悪阻《つわり》のものだ」

しばしの沈黙が訪れた。

「赤ん坊だって!?」

仙が大声を上げた。

「お、お美津ちゃん、私、子供なんて大嫌いなんだよ。どうしたらいいんだよう」

「お仙ちゃん、落ち着いてちょうだいな。小梅さん、ちょっとこっちで待っていてね」

美津は小梅を腕から下ろして、慌てて仙の背を撫でた。

「お美津ちゃん、小梅さんを横にやっちゃ駄目だよ。私、吐き気が……」

仙はへなへなとその場に崩れ落ちた。

六

ひとまず仙に水を飲ませてから、帯を緩めて部屋に横にならせた。

「お美津ちゃん、ありがとうよ。迷惑を掛けて済まないねえ」

「そんなこといいのよ。しばらくゆっくり休んでちょうだいね。帰りは、私が送っていくわ」

美津は仙の額の汗を拭いてやった。

「でも、腹に赤ん坊がいるなんて、まさかそんなはずは……」

仙がうっと呻いた。

「お仙ちゃん、平気？」

慌てて仙の身体を起こして、たらいを手渡した。

「そんなのいらないよ。どんなに苦しくたって、この私がお美津ちゃんの前でそんなみっともない姿を見せるはずがないだろう？」

真っ青な顔で強がりを言う。

ずいぶん苦しいのだろう。眉が下がって目には涙が浮かんでいた。

「具合が悪いときは、そんなことを言っている場合じゃないわ」

美津は、仙の背を優しく撫でた。

「お美津ちゃん、これから私はどうなっちまうんだろうね」

「おめでたいことよ。そんな悲しい顔をする理由はどこにもないでしょう？」

幼馴染に赤ん坊ができたことは、ただただ嬉しい。美津は仙の手を取った。

「でもさ、赤ん坊を産んだら私のこの美しさは……」

「馬鹿なことを言っちゃ駄目よ」

美津は、少し怖い顔をした。

「ご、ごめんよ。人の親になるってのに、己の美しさなんてそんな浮ついたことを言っていちゃいけないよね。親ってのは、我が子のためにすべてをかなぐり捨てて生きなくちゃいけないんだ」

仙がしゅんとした顔をする。

「子を産んだくらいで、お仙ちゃんの類まれなる美しさが揺らぐはずがないでしょう。もっと、どんと構えていなさいな」

美津は仙の肩をぽんと叩いた。

「そ、そうだよね。お美津ちゃんの言うとおりだ。やっぱりお美津ちゃんは私のことをよくわかってくれているねえ」

途端に、仙の顔に彩が戻る。

「実はさ、私、ほんとうは子供が嫌いなわけじゃないんだ。子供が私を嫌いなんだよ」

ようやく笑顔を見せてくれたと思ったら、また際どいことを言う。

「どういうこと?」

「ずっと前に、一度、《鍵屋》で働いていた姐さん分が、店に赤ん坊を見せびらかしに来たことがあってさ」

かつては仙と並んで《鍵屋》の看板娘と名を馳せた姐さん分の赤ん坊は、光り輝くように美しい顔立ちをしていたという。

茶屋の娘たちは《鍵屋》の店先で、その赤ん坊を歓声を上げて取り囲んだ。

皆が交互に赤ん坊を抱いて、頬ずりをする。

何とも長閑《のどか》で幸せなひとときだ。

それが、仙の番になった途端に潮目が変わった。

「私が抱っこしてやったそのときにさ、赤ん坊が、火が付いたように泣き出したんだよ。もちろん、意地悪なんてするはずないさ。何とか泣き止んで欲しいと思って、必死であやしてやったんだよ。それなのにさ……」

「それは悲しかったわね」

仙がこくりと頷いた。

「みんな『赤ん坊は悪女がわかるんだ』なんて大笑いさ。私は、恥ずかしくて恥ずかしくてたまらなかったよ」

仙がそのときを思い出したように、眉を顰《ひそ》めて頬を赤くする。

「きっとお腹が減っていたか、眠かったか、それとも襁褓が気持ち悪かったかのどれかよ。それかみんなに交互に抱かれて、疲れちゃったのよ。お仙ちゃんは間が悪かっただけよ」

「そう言ってくれて嬉しいよ。私もそうなんじゃないかと思っていたさ」

「こんなに美しいお仙ちゃんに抱っこされて、嬉しくない赤ちゃんなんていないわ」

「もっと言っておくれ」

「お仙ちゃんは、きっとこの世でいちばんの別嬪のおっかさんになるわよ。生まれてくる子は、みんなに『まったくお前のおっかさんはとんでもねえ別嬪だなあ』なんて羨ましがられて、鼻高々よ。羨ましいわ」

「おっと、お美津ちゃん、ごめんだけれど、倉地家は一応お武家さまだからね。『まったくお前のおっかさんはとんでもねえ別嬪だなあ』なんて、いかにも気さくな感じで話すお子さまは、いらっしゃらないかもしれないよねえ」

「まあ、格好つけちゃって。こんなときだけ、倉地家の若奥さまみたいなことを言うんだから」

美津は睨む真似をしてみせた。

二人で顔を見合わせて噴き出した。

「お美津ちゃん、ありがとね」

「いいのよ」

微笑《ほほえ》み合ったそのとき、庭で黒太郎が美津を呼ぶ甲高い鳴き声が響いた。

「ちょっとごめんね。黒太郎の様子を見てくるわ」

「ああ、もちろんだよ。行ってやっておくれ」

庭に出ると、黒太郎が美津の目を見据えて何かを訴えかけるように鳴いていた。

「いい子ね。落ち着いて。大丈夫よ」

穏やかな声で撫でてやったが、黒太郎は何とも不満げだ。美津の手を振り払うようなその仕草に、あれっと思う。

黒太郎の目の先を辿った美津は、ひっと息を呑んだ。

猿田彦の綱が外れていた。猿田彦の姿は見えない。

結び目を何重にもして、ちょっとやそっとでは外れるはずがないようにしっかり結んだのに。

獣が手先を自在に使えてしまうというのは、これほど恐ろしいことなのか。

「猿田彦!?」

声を上げて周囲を見回した。

「猿田彦？　どこなの？　凌雲さん、たいへんです！」

廊下の奥に向かって声を掛けながら、部屋に飛び込んだそのとき。

仙の枕元にちょこんと腰かけた小さな人影――。

「……猿田彦、ここにいたのね。お仙ちゃん、そこから動いたら駄目よ」

「お美津ちゃん、そんなおっかない声を出さないでおくれよ」

仙が穏やかな声で言った。

「このお猿さん、私にこれを届けてくれたのさ」

「へっ？」

猿田彦は神妙な顔をして、桔梗の花を一輪握っていた。

「そのお花……」

昨夜逃げ出した猿田彦の手にも、同じ桔梗の花が一輪あった。

猿田彦は、まるで人のように恥ずかし気にもじもじしながら、花を仙に向かって差し出す。

「仲直りの印だってさ。こんな姿を見ると、お猿さんってのは可愛いもんだねえ。はい、ありがとうね」

仙は花を受け取ると、猿田彦の頭を撫でようとした。

そのとき、猿田彦の顔つきが変わった。目を剝いて、口元に皺が寄る。

「お仙ちゃん、駄目よ！」

美津は、跳ねるように仙と猿田彦の間に飛び込んだ。

七

凌雲が美津の手に貼った布を取り換えた。

「いたっ……！」

薬を塗った布を取り去るときに傷口のかさぶたが引き攣《つ》れて、思わず顔が歪んだ。

「やはり痛むな。あと少しだ。もう一つの傷のほうは、良くなりかけているはずだが」

「平気ですよ。私は、こんなの少しも痛くありまっ……!?」

目の前で火花が飛び散った。

声にならない呻き声が漏れる。

「よし、終わったぞ。よく耐えた。あとは薬を取り換えるだけだ」

美津の手の甲に、猿田彦の歯形が二つついていた。

「凌雲さん、ありがとうございます。もしよろしければ、お庭で一度、傷口を水で洗ってもいいですか？」

美津の傷口は、二つとも赤く腫れあがっていた。このまま咎《とが》めてしまうとずいぶん辛いことになる。

しかしこのご時世、大きな怪我をした傷口が膿むのはほぼ避けられないことでもあった。

せめて冷たい水で冷やして、傷口に籠った熱を取りたかった。

「もちろんだ。利き手が使えないと不便だろう。私も一緒に行こう」

「まあ、ほんとうですか」

凌雲がさりげなく美津を気遣うようなことを言ってくれたのが嬉しくて、美津はにっこり笑った。

庭に下りると、凌雲が水瓶の水を柄杓《ひしゃく》で美津の傷口にかけた。

「あ、ありがとうございます」

奥歯を嚙み締めながら言った。

水がかかると傷口が鋭く痛む。しかし美津は、祈るような気持ちで胸の内で呟く。

——どうか、どうか、傷口が酷く膿みませんように。

傷口が膿んでしまえば、家事はろくにできなくなってしまう。

いや、そのくらいで済めばまだ良い。

悪化すれば節々が腫れて熱が出ることも、運が悪ければそのまま腕を切り落とした
り命を落とすことだって、覚悟しなくてはいけない。

傷口がどれほど膿むかは、ひとえに運次第だ。

「お美津、きっと平気だ。すぐに治る」

美津の不安を見透かしたように、凌雲が静かに言った。

「ええ、もちろんです。私、うんと身体が丈夫ですから、こんなちっちゃな傷なんて
どうってことありません」

空元気の笑顔を浮かべたそのとき。

「きいっ！」

縁側に繋がれた猿田彦が叫んだ。歯を剝き出しにして怒って、床を叩く。

まるで人の話を聞いていたようにも思える間に、美津は目を瞠った。

「お美津に怪我をさせたと思うと、憎たらしい顔にも見えてくるな」

「凌雲さん？　凌雲さんが獣に対してそんなことを言うなんて、いけません。憎たら
しい、なんて。飼い主さんに聞かれたらたいへんです」

慌てて言った。

「憎たらしいとは言っていない。憎たらしい顔にも見えてくると言っただけだ」

凌雲が拗ねた顔をした。

「どちらも変わりませんよ」

「いや、それはまったく違うぞ」

凌雲が少し笑ってから、真面目な顔をして猿田彦に近づいた。

猿田彦は威嚇するように床を拳で滅茶苦茶に叩いて見せてから、凌雲があるところまで近づいた刹那、途端に怯えたように身を縮めた。

「猿田彦も、きっと苦労を重ねているはずだ。芸事を覚えるからにはきっと相当頭の良い猿だろう。ひょっとすると、どうして己がこんなに虐げられなくてはいけないのだと、腹を立てることができるほど賢いのかもしれない」

凌雲が懐を探って、紙に包まれた飴玉を一つ取り出した。

包み紙を取ると、まるでおはじきのように猿田彦に向かって指先で弾く。

猿田彦は飴玉に飛び付いたかと思うと口に放り込み、あっという間にぼりぼりと噛み砕いてしまった。

猿田彦が再びこちらを見る顔から、怯えはずいぶん消えている。

甘いお菓子をくれたことで気を許した様子だ。

凌雲が言う通り、猿田彦は賢い猿なのだろう。

「猿田彦、寝込んでいたお仙ちゃんに桔梗のお花を持ってきてくれたんです。昨夜も、お花を持っていました。もしかして、ほんとうは私たちと仲良くしたいってことなのでしょうか?」

「動物が考えていることは、決してわからない。花を渡すのが仲良くなりたいという証だなんて、そんなことは人の思い込みだ」

「そうですか……。凌雲さんがそう言うなら、そうですね」

美津はしゅんとして頷いた。

確かに、花を受け取った仙に頭を撫でられそうになった猿田彦が、刹那にして豹変した姿は恐ろしかった。

猿田彦の考えていることは、何もわからない。そんな気持ちになる。

「だが、猿田彦は、人に花を渡したときに褒められたり良い思いをした過去があるのかもしれない。ならば己の〝快〟のため、再び人に花を渡そうとすることはあり得る話だ」

「己の〝快〟のため……ですか? えっと、それは先ほどの『仲良くなりたい』とはどう違うのか、私にはちょっとよくわからないのですが」

「猿田彦は、何らかの〝快〟を求めている、ということだ」

「いったい何を求めているのでしょうか？　ここから出して欲しいとか、お腹が減ったとか……」

自在に動き回ることと、腹を満たすことは、動物たちが必死になってでも求めることだ。

「そのときの猿田彦は、既に鍵を開けたり綱を解いて、己の好きに動くことができたはずだ。飯も、ここへ来てからは多すぎるほど与えている。ならばこの《毛玉堂》へ来てからの猿田彦に、欠けているものは……」

凌雲の眉間に皺が寄った。

「名無し兵衛さん、でしょうか？」

「そう考えるのが、いちばんあり得る話だ」

凌雲が苦し気に答えた。

名無し兵衛の猿田彦への接し方は、美津からすれば厳しすぎる。獣への情愛がほとんど見受けられない。

しかし猿田彦は、飼い主の名無し兵衛を求めているというのか。

見知らぬ《毛玉堂》で、どれほど腹いっぱいになっても、厳しい芸を無理にさせられることがなくとも、猿田彦は名無し兵衛に会いたいと思っているのだろうか。

「明日、名無し兵衛を呼ぼう」

「猿田彦が鍵を開けてしまう問題は、まだ少しも解決していませんが、平気でしょうか？」

「それをどうにかするには、私たちだけでは無理だとわかった。名無し兵衛がいなくてはいけないんだ」

凌雲は猿田彦を見て、頷いた。

八

「猿田彦の悪癖、無事に直していただくことができましたかな？」

ご機嫌な様子で《毛玉堂》に現れた名無し兵衛は、己の手間が必要と聞くと露骨に面倒くさそうな顔をした。

「私が猿田彦を躾け直さなくてはいけないですって？　それは話が違いますな。お代のほうはどうしたらよろしいでしょうかねえ」

「もちろん、お代はいただきません。凌雲先生が、猿田彦のためを考えて忠言をさせていただくだけですから」

美津は慌ててぺこりと頭を下げた。

ほんとうならば、獣に関する学びと経験に裏付けられた凌雲の忠言は、それこそが金を取るに値するものだ。

しかし今はとにかく、猿田彦を〝お払い箱〟になんてさせるわけにはいかない。

名無し兵衛の姿を見た猿田彦は、「ききっ！」と鋭い声で幾度か鳴いた。興奮している様子ではある。だが、飼い主を見つけた犬のように、躍り上がるように喜ぶ様子はない。

ただ綱で繋がれた範囲を、落ち着きなくぐるぐると回り続けているだけだ。

「名無し兵衛、よく来てくれたな」

凌雲が両腕を前で組んで、庭に現れた。

「猿田彦が、鍵を開けてしまうのを防ぐのは簡単だ。鍵を開ければ嫌なことがある、と教えれば良いんだ」

「それは、鍵を開けたら、叩きのめすような罰を与える、ってことでよろしいでしょうかね？」

名無し兵衛が拍子抜けしたように言った。

「そんなことでしたら、これまでずっとやってきましたよ。鍵を開けて逃げ出すたびに、この鞭《むち》で叩いておりました。それでも少しも効き目がないのです」

名無し兵衛が鞭を取り出すと、猿田彦が「きいっー！」と歯を剝き出した。

「獣には、悪いことをした結果として叱られる、というのは話がつながらない。鍵を開けて逃げ出した後で捕まって、そこから罰を与えられても、その罰が鍵を開けたせいだということは決してわからないだろう」

凌雲が猿田彦に目を向けた。

「獣にとっては己の行動と結果の間は、早ければ早いほどつながるんだ。つまり、鍵を開けたそのときに嫌な出来事が起きるようにすれば、鍵を開けること自体が嫌になる」

「私たち、こんな仕掛けを作ってみました。これがあれば猿田彦は、鍵を開けようとすると痛いことが起きる、と学ぶようになるはずなんです」

美津は、鍵に取り付ける小さな器具を見せた。鍵を開けようとすると二枚の板にぱちんと指を挟まれてしまうという、罠のような器具だ。

痛みはさほどないように気を付けたが、ずいぶん大きな音が鳴る。驚かせるのにはぴったりだ。

「へえ、左様ですか。それでしたら、使ってみても良さそうですね」

名無し兵衛が、興味深そうな顔をした。

「凌雲先生の仰ることは、わかりますよ。猿に芸を仕込むには、とにかく相手に合わせた速い動きが肝心ですからね。芸の鍛錬の際は、私はまるで己が猿になったように、忙しなくちょこまかと動き回っていますよ」

名無し兵衛が、落ち着きなくきょろきょろと周囲を見回しながら、猿回しの芸を見せるときの真似をしてみせた。

確かに、猿回しがまるで猿のような動きをしてみせて、どちらが人でどちらが猿なのかわからなくなってくるような滑稽《こっけい》な姿は、よく見る猿回しの光景だ。

「猿回しってのは、猿に、こいつは大きな猿だと思わせなくちゃいけないんです。私のことを、己には到底勝つことができない猿だと思わせれば、きちんと言うことを聞くようになります」

名無し兵衛が、猿にそっくりな顔で歯を剝き出して見せた。

「それでは、この器具をいただいていきますよ。ありがとうございます。猿田彦、帰るぞっ！」

名無し兵衛が怒鳴りつけるような太い声で猿田彦を呼んだ。

猿田彦はびくりと身を震わせたかと思うと、直立不動に二本足で立った。

名無し兵衛は背を強張らせて力強い足取りで猿田彦に近づくと、驚くほど乱暴に綱を取る。

「よしっ！」

名無し兵衛が掌を見せると、猿田彦が勢いよくその手を叩いた。

ぱちん、と小気味よい音が響き渡る。

「名無し兵衛、ちょっと待ってくれ。まだ話は終わっていない。これからが大事なんだ」

凌雲が静かに言った。

「これから……ですって？」

名無し兵衛が怪訝そうな顔をした。

「これから、猿田彦にひとつの芸を仕込んでもらいたいんだ」

名無し兵衛が肩を竦《すく》めた。

「芸を仕込むというのは、そんなに簡単なことではありませんよ。たったひとつの動きにも、それこそ朝から晩まで幾日も、時には幾月もかけて仕込むんです」

「その苦労はわかっている。けれど、猿田彦のためにどうしてもやって欲しい。猿田彦は、鍵を開けることは自在に表を歩くことができる〝快〟だと覚えていた。それをこれから、板に指を挟まれる〝不快〟に変える。それは猿田彦にとっては大きな負荷がかかる試練のはずだ」

確かに、今までは表の楽しい世界へ通じていたはずの鍵が、急に嫌な出来事が起きるものに変わるというのは、猿田彦にとってはひどく苦しいことに違いない。

「鍵を開けてはいけない」という道理を言葉で伝えることができない獣には、いったい何が起きているのかわからず、すべてに怯えて気を病んでしまってもおかしくないのだ。

「だからその〝不快〟は、己の力で取り除くことができると教えてやって欲しい」

「どういう意味ですかな？」

「猿田彦に、〝鍵を閉じる〟ことを仕込むんだ。うまく鍵を閉じることができたら、存分に報いてやって欲しい。鍵というのは、『開けると悪いことが起き、閉じると良いことが起きるもの』。そう教え込むことができれば、猿田彦はきっと、むしろこの試練を乗り越えるのを楽しむことができるはずだ」

「獣に、やってはいけないことを教えるためには、『それをやってはいけない』と禁じるだけではなくて、『ならば何をすれば良いか』を同時に教えるということですね」

美津は頷いた。

ただ己の動きを禁じられ続けるのは苦しいことだ。気持ちも力も行き場がなくなってしまう。もう手に入らないかつての〝快〟に執着することになっても、おかしくない。

そんなときに、新たなやるべきこと、楽しみを与えることは、人にも獣にもきっと大切だ。

「猿田彦は《毛玉堂》にいる間ずっと、名無し兵衛、お前のことを求めていた」

「何ですって？　こいつが私のことを？」

名無し兵衛がぎょっとした顔をした。

「猿田彦に、花を渡す、という芸を仕込んだことがあるな？」

「ええ、女の客に花を渡すと、うんと喜ばれますからね」

「猿田彦は、お美津に、そしてお美津の友に花を渡そうとした。お前に会わせてくれと頼んでいたのかもしれない」

「私に会わせてくれ、ですって？　それは違いますよ。私たちは、そんな情が深い仲じゃありません」

名無し兵衛が苦笑いを浮かべた。

「こいつは、《毛玉堂》の女性たちから銭を貰おうとしたんです。銭を持ってきたら、そのときだけは私に褒められますからね。客から集めてきた銭が多いときだけは、普段は鬼のようにおっかない私が優しくなります。私は鞭を櫛に持ち替えてこいつの毛並みを梳《す》いてやり、赤ん坊みたいによしよしと撫でてやるんです……」

言いながら、名無し兵衛の顔つきが変わった。

「猿田彦は……」

名無し兵衛がごくりと唾を呑む。

「猿田彦がどんなつもりかなんて、決してわかりませんよ」

吐き捨てるように言った。

「私は猿田彦を、女子供が人形を可愛がるように大事に扱う気はありません。猿ってのはとんでもなくずる賢くて、時に恐ろしいほど凶暴で、こちらが常に気を張って人のほうが獣よりも上だと示していなくては、決して飼い慣らすことができない。ましてや芸を仕込むことなんてできないものなんです」

美津の手の甲の傷がずきんと痛んだ。

確かに猿というのは、人に近いがゆえに飼い慣らすのは難しい獣だ。犬猫とはまったく違うという名無し兵衛の言い分には、筋が通っている。

「名無し兵衛、獣と人との関わり方はさまざまだ。身体に危険を及ぼすような残忍な真似をしていない限りは、お前のやり方が間違っているというつもりは毛頭ない」

　凌雲が名無し兵衛を見据えた。

「ただ、猿田彦は獣ながら勤勉に芸事に励み、必死で生きている。お前と猿田彦の絆である芸事で、猿田彦が少しでも心地よく暮らすことができるように気を配ってやって欲しいんだ」

九

　黒太郎が今日もまた甲高い声で鳴いている。

「はいはい、ちょっと待ってちょうだいね。今行くわ」

　美津が縫物の手を止めて立ち上がろうとすると、凌雲が書物を閉じて、

「私が行く」

　と、炊事場に向かった。

　ほどなくして、襤褸布に包まれた黒太郎を抱いて戻ってくる。

「黒太郎は、お美津の顔が見たいようだ。一緒にここにいても構わないか？」

　凌雲は胡坐をかいて、膝の上に黒太郎を横たえる。

「ええ、もちろんです。黒太郎、ありがとうね。みんなで一緒に過ごしましょうね」

美津は目を細めた。

凌雲が黒太郎の頭をゆっくり撫でると、黒太郎が猫のように喉を鳴らす。まるで含み笑いをしているようだ。

「黒太郎、いつまでも長生きしてね」

美津の言葉に、凌雲が笑みを浮かべて深く頷いた。

「猿田彦と名無し兵衛さん、うまくいって欲しいですね」

美津は針を進めながら言った。

凌雲の膝の上でうっとりとした様子の黒太郎の姿に、それとは真逆の、身体を強張らせて名無し兵衛の命令に従っていた猿田彦を思い出してしまう。

「獣と人との関わりは、さまざまだ。人の親と子でも同じだ。すべてを知らずして、余所からそれはいけない、ましてやかわいそうだなんて口出しをするものではない」

凌雲が黒太郎を愛おしそうに撫でながら言った。

「猿というのは、群れを作り、その群れの長に従う気質がある。同じように群れを作る獣でも、人に飼い慣らされた犬よりも、もっとその気質が強いかもしれない。ならば、信頼できる長の厳しい命令に従って生きることは、我々が思っているほど窮屈ではないのかもしれない」

「むしろ、犬猫のように人に目いっぱい可愛がられて気ままに生きることが、不安や苛立ちにつながる場合もあるということですね」

もしも猿が犬猫よりも人に近いならば、人の子とて同じだ。

我儘放題、好き勝手に甘やかされて生きた者が、必ずしも幸せに溢れているようには見えない。

「その加減を、獣自身に訊くことができれば良いのだが……」

二人で、黒太郎をじっと見た。

黒太郎は不思議そうな顔をしている。

美津の脳裏に、「よしっ！」という言葉と同時に、名無し兵衛と手を叩き合った猿田彦の姿が浮かぶ。

名無し兵衛と猿田彦の想いは、私たちが動物に向けるそれとは違う。けれどきっと、彼らにとっての絆で繋がっているはずだ。

「名無し兵衛さん、きっと猿田彦にとって信頼できる長であってくれるはずです」

美津は力強い声で言った。

十

「お美津ちゃん、今日は先日のお詫びに、和泉屋《いずみや》のお饅頭《まんじゅう》を持ってきたよ。毎日、店が開いてすぐに売り切れるって評判のお饅頭さ。凌雲先生と一緒に召し上がっておくれ」

風呂敷包みを手にした仙が、済まなそうな顔でやってきた。

小梅を繋いだ紐を腰に括りつけている。

「あら、お仙ちゃん。和泉屋のお饅頭ですって？　そんなに気を遣わなくてもいいのに」

和泉屋の名は、流行《はや》りものに疎《うと》い美津でも知っている。

砂糖をたっぷり使った餡《あん》がたくさん詰まった、うんと高価な饅頭だ。

仙が言うとおり朝早くから並ばなくては買えないので、心からのお詫びに向かう際に手土産に使われていると聞く。

幸いと言っていいのか、これまで《毛玉堂》では一度もお目にかかったことのないお菓子だ。

「怪我の具合はどうだい？　私のことを守ってもらって、申し訳なかったよ」

「あら、こんなの何でもないわ」

美津は笑顔で首を横に振り、右手を後ろに隠す。

「それよりも、お仙ちゃんのほうは、身体はどうだった？」

仙はどこか腹を括《くく》ったような顔で、小さくため息をついた。

「凌雲先生のお見立てのとおりだったよ。生まれるのは、春先になりそうさ」

「やっぱりそうだったのね！　おめでとう！」

美津は飛び上がった。

大事な友にそっくりな顔をした可愛らしい赤ん坊が、春先に生まれる。

なんて嬉しいことだろう。

「まあ、あれだけ倉地の家の皆が大喜びしてくれて、家じゅうで私のことをちやほやしてくれるってのは、そう悪いもんじゃないけどね」

仙がまんざらでもない顔で肩を竦めた。

「でも、私が……いやこれはいけないいね。子供が私を嫌い、ってのは、まだ解決していないけれどね。生まれてきた子に嫌がられたらどうしよう、私が抱くときだけ泣かれちまったらどうしよう、って思うと、たまらなく不安になるよ」

「そのことだけれど」

美津は、猿田彦と名無し兵衛の出来事を説明した。

「お仙ちゃんが子供を苦手だと思う気持ちは、かつての決まり悪い経験のせいよね？だったら、子を産むまでの間に赤ちゃんとの楽しい経験をすることで、克服できると思うの。私も一緒に付き合うから、これからいろんな赤ちゃんに会わせてもらいましょう」

「なるほどねえ。そんなにうまくいけばいいけれどねえ」

「きっと平気よ。何も心配いらないわ」

美津は優しく仙の肩に手を当てた。

「お美津ちゃんはいつも優しいね。ありがとうよ。……ええっ!?」

仙が目を剝いた。

「お美津ちゃん、これ、どうしたんだい!?　たいへんなことになっているじゃないか!?」

いけない。ついうっかり……。

美津は慌てて手を背の後ろに隠そうとしたが、もう手遅れだ。

「見せてごらんよ。ああ、さらしの上からでもわかるくらい真っ赤に腫れ上がっているじゃないか。私のせいだよ。どうしたらいいんだろう。こんなお饅頭なんかでお詫びできる話じゃないよ」

「お仙ちゃんのせいじゃないわ」

猿田彦に嚙まれた傷口が、今朝からひどく腫れてしまっていたのだ。

「凌雲先生はなんて言ってるんだい？」

「まだ話していないわ。明日にはすっかり治るかもしれないもの」

せっかく凌雲に薬を塗ってもらったのに、傷口が膿んでしまった、というのは言いづらかった。

「この様子は、そんな気楽な話じゃないよ。痛むだろう？」

「痛むには痛むけれど……我慢できる程度よ」

ほんとうは、力を入れるたびに奥歯を嚙み締めるほどの痛みが走っていた。

「お美津ちゃんは我慢強すぎるからあてにならないよ。凌雲先生はどこだい？　私からちゃんと話してあげるよ」

「凌雲さんは、今朝早くから柳沢村《やなぎさわ》の馬の患者さんのところに行ったわ。向こうに泊まって、明日の夕まで帰らないの」

「明日の夕だって？　それまで放っておけないよ」

「お仙ちゃん、私、平気よ」

「お美津ちゃん、ちょっと黙っておいで」

仙が怖い顔をした。

「お美津ちゃんは私の大事な友だよ。その友が具合が悪そうだってのに、平気だ、平気だ、なんて軽く受け流されるのは腹が立つよ。私の友を、もっと大事にしておくれよ!」

仙が啖呵を切った。

「ええっと、お仙ちゃん、つまり私の身体を心配してくれているってことね……?」

「そういうことだよ! お美津ちゃんが己を大事にしないのは、私への裏切りなのさ! ちょっと待っておいで。すぐに腕の良い医者を連れてくるから」

「お医者さんなんて平気よ。うちは、凌雲先生が……」

「凌雲先生は、お美津ちゃんが他の医者にかかったら腹を立てるような、器のちっちゃい男かい?」

仙に言われてぎくりとした。

「……そんなことはないと思うわ」

「むしろ、お美津ちゃんが凌雲先生に気を遣って、もっと具合が悪くなるようなことになったら、きっとうんと怒るはずだよ?」

確かに、仙の言うとおりだ。

「今から小梅さんと一緒に《鍵屋》に行って、女将さんからお江戸でいちばん腕の良い医者の噂を仕入れてくるよ。くれぐれも、今はその手で家の仕事なんてしちゃ駄目だよ」

仙は頼もしい口調で言うと、小梅の綱を引いて駆け出した。

うぬぼれ犬

一

仙に言われたように、痛むほうの手をなるべく使わないようにして、家の掃除をしたり犬猫たちに餌をやったりして、二刻ほどが過ぎた。

ずいぶん遠くまで行ってくれたのかもしれないと、申し訳なく思い始めてからさらにしばらく後。

「おうい、お美津ちゃん！　待たせたね！」

ようやく生垣の向こうで仙の声が聞こえたので、美津は慌てて縁側から立ち上がった。

その拍子に手の甲の傷が、まるでそこに心ノ臓があるように、どくんと脈打つ。

「お仙ちゃん、ありがとう。《鍵屋》の女将さんに教えていただいたのは、どこのお医者さんかしら？」

仙が美津の怪我を治すために張り切ってくれていることは、心から有難かった。

だが今は、仙のほうこそ大事な身体だ。これ以上仙の手を煩《わずら》わせるわけにはいかない。

「こちらの先生は医院を持っていらっしゃらないんだよ。《鍵屋》のお客の噂を辿って、あっちの店先、こっちの辻と、お江戸じゅうを散々探し回った末に、やっとついに捕まえたんだ！」

捕まえた、なんてまるで野良猫を追いかけてきたようなことを言いながら、仙がクチナシの葉を揺らして現れた。

「ここへいらしてくださっているの？　あら、どうしましょう。今からお茶をお出ししなくちゃ。お菓子は、さっきお仙ちゃんが持ってきてくれた和泉屋のお饅頭があるから……」

「傷を咎めた際は、無駄に動き回ってはいけません。客をもてなす用意をするなんてもってのほかです」

鋭い口調に、えっと驚いた。

仙の背後に、薬箱を手にした女が立っていた。

背が高く、頬は痩せていた。

よく見ると、目鼻立ちははっとするほど整っている。仙と並んでも少しも見劣りしないほどだ。しかしその目は、艶っぽさをすべて削ぎ落したような鋭い光を放つ。

「けもの医者の鈴蘭と申します」

女は、ゆっくり深々と頭を下げた。

「あなたが、鈴蘭先生……ですか」

かつて仙と水茶屋の《蔦屋》で耳に挟んだ噂話を思い出す。

仙に目を向けると、美津が思い出していることはわかるという顔で頷いた。

「私は、けもの医者です。普段は人の病や怪我は診ません。けれどこの方が、幾度断っても『幼馴染がどうしても困っている。これは一刻を争う事態だ』というので、やって参りました」

鈴蘭は言葉を切って、美津の顔をじっと見た。

「けもの医者、それも女の医者にかかるのはお嫌ということでしたら、私はすぐにおいとまいたします」

「ま、まさか。そんなはずはありません。わざわざお越しいただき、ほんとうにありがとうございます」

——けもの医者、それも女の医者。

鈴蘭が己を言い表すときの、どこまでも冷めた口調にぎょっとした。

「あなたの傷を私に診させていただけるということですね？　でしたら、ひとつ約束をしてください」

医者らしい厳かな口調だったが、鈴蘭の目にどこか悲し気なものが宿ったように見えた。

「私が女の医者だということは、決してご亭主に言ってはいけません。あなたの傷を診たのは、庄條権左衛門《しょうじょうごんざえもん》という名の厳めしい老医者だと伝えてください」

鈴蘭は挑むような目で美津を見てから、

「庄條権左衛門は、亡くなった私の父の名です。腕の良い医者でした」

と付け加えた。

美津と仙は顔を見合わせた。

仙が遠慮がちに口を開く。

「えっと鈴蘭先生、慌てていてすっかり申し遅れてしまいましたが、ここは《毛玉堂》って名の獣の医院なんです。お美津ちゃんのご亭主は、けもの医者の凌雲先生っておっしゃるんですよ」

「《毛玉堂》の凌雲？」

鈴蘭が怪訝そうな顔をした。

「はい、そうです。凌雲先生は、ご自身がけもの医者ですから、同じけもの医者の鈴蘭先生を見くびるなんてはずがありません。それに、女だ男だ、ってそんなことからは少々離れた雰囲気のぼやっとした……おっと、いけない、いけない。浮世離れしたお方です。ね？　お美津ちゃん」

美津も慌てて頷いた。

「夫は往診に行っていて、明日の夕まで戻りません。留守の間に鈴蘭先生に診ていただいたと知れば、心から有難く思うはずです。隠さずにほんとうのことを言っても、決して鈴蘭先生にご迷惑にはならないと思います」

美津の言葉に、鈴蘭はしばらく黙っていた。

「わかりました。お二人がそうおっしゃるなら、そうなのでしょう。ですが私には何の迷惑も掛かりません。私が気にしているのは、あなたの傷と苦痛が、きちんと治るかどうかだけです」

鈴蘭は「では」と目礼をして、縁側の美津の横に腰かけた。

「さらしを取らせていただきます。薬の布を傷口から剥《は》がすときに強い痛みを感じますが、それは誰がやっても避けようのないことです。手技の失敗ではありません」

鈴蘭は冷えた声で言い放つと、腫れた美津の手を取った。

厳しい言葉に反して、そっと撫でるような手つきでさらしを外す。膿んだ傷口にくっついて乾いてしまった布を見ると、仙に「水をください」と頼んで、乾いた布を少しずつふやかしながら丁寧に取り去った。

「猿に嚙まれましたか？」

鈴蘭は二つの歯形を見て、すぐにわかったようだ。

「ええ、そうなんです。二度目に嚙まれたところは、幸い膿まずに済んだのですが、一度目のところが……」

二度目の嚙み傷は、痛々しいかさぶたになってはいるがさほど腫れてはいない。真っ赤に腫れ上がって、嫌な熱を放っているのは古いほうの嚙み傷だ。

「膿を出しきりましょう。奥歯で布を嚙んでください。それとたくさんの塩水をお願いします」

「は、はいっ！　お任せくださいな！」

仙が慌てて飛び上がった。

「お美津ちゃん、すぐにお湯と塩を用意してあげるから待っておいでね。それと、えっと、おそらく今からとっても痛いことが始まるから、心して我慢するんだよ。終わったら、美味しいぜんざいを食べさせてあげるからね」

「お仙ちゃん、ありがとう。頑張るわ」

美津は子供のように泣きべそをかきたい心持ちで、手拭いを奥歯でしっかり嚙んだ。

二

「それでは、数日後に、また傷口を診せてください。もっとも、あなたのご亭主が私をほんとうに気になさらないようでしたらの話ですが。私は決まった医院を持たず、湯島《ゆしま》の三浦《みうら》屋という宿屋で暮らしております。やはりご亭主のいない隙に伺ったほうがよろしければ、いつでもそう伝えに来てください」

鈴蘭は手技を終えてすぐに、表情のない顔でそう言って去って行った。

「……はい。……ありがとうございます」

美津は息も絶え絶えになりながら言った。

全力で顔を顰《しか》めてただ事ではない痛みに耐えたせいで、顔の筋がおかしくなってろれつが回らなくなっていた。

――せっかく往診に来てくださったのに、お茶の一つもお出しできなかった。

気がかりに思いながらも、そんな声を掛ける気力さえ失っていた。

「お美津ちゃん、お疲れさま。よくやったね。痛くなかったかい？」

「痛くなかったかい？　……ですって？」

思わず目を剝いた。

「おうっと、ごめん、ごめんよ。今のはただの言葉の綾さ。お美津ちゃんが気を失うくらい痛がっていたことは、一部始終をいちばん近くでしっかり見ていたこの私が、ようく知っていますとも」

仙が、美津の声色に恐れをなした顔で、慌てて言い直す。

「しかしおっかない女医者だったねえ。お美津ちゃんが真っ白な顔になって、さらに白目まで剝いているってのに、少しも加減をしちゃくれないんだ」

「腫れた傷口から膿を出す治療は、まったく間違っていないわ。凌雲さんも、患者さんに常日頃からやっていることよ」

美津は大きく息を吸って、吐いた。

右手のさらしの上に恐る恐る左手を載せる。

はっとした。

「お仙ちゃん、私、今、間違っていないなんて失礼なことを言ったわ。鈴蘭先生は腕の良い立派な先生よ。手技の前にはあんなに辛かった痛みが、今はまったく消えているもの」

右手の傷からは、これからいったいどうなってしまうのだろうと不安になるような、不穏に燻る熱と痛みがすっかり消えていた。

「へえっ。そうかい？　そりゃ、それが何よりだけれどさ」

仙が不思議そうな顔をする。

「けどまあ、あの鈴蘭先生の腕は、《鍵屋》の客の間でも有名な話だったからね。私が大事なお美津ちゃんのために、血相を変えて髪を振り乱して、『とにかく誰でもいいから、お江戸でいちばん腕が良い医者を教えておくれ』なんて大騒ぎで言ったら、みんな『誰でもいいくらい困ってるって話なら、鈴蘭がいちばんだ！』ってすぐに答えてくれたしね」

「お仙ちゃん、ほんとうにそのとおり言ったの？」

「えっ？　そうだよ。とにかく誰でもいいから、って……」

ふいに仙が決まり悪そうな顔をした。

「誰でもいいから、なんて、せっかくお美津ちゃんを治してくれた鈴蘭先生に対して、失礼な話だよね」

仙の胸に過っているものが、美津にも伝わる。

人の傷の治療に、けもの医者を自称している人物を紹介するのは気を悪くする人がいるかもしれない、という道理まではわからなくもない。

だが、このご時世は、人の医者もけもの医者も、己がなりたいと手を上げればそのときから医者を名乗ることができる。皆の間で、人の医者とけもの医者にそこまで大きな違いがあると思われているかというとさほどでもないだろう。大きな理由は、もう一つのほうだ。

あれほどの腕を持つ鈴蘭が、「誰でもいいから」なんてくらい困り果てた人だけに初めて紹介するような医者である理由。それは、鈴蘭が女だからだ。

「……鈴蘭先生、思ったより器量よしだったね。もちろん私ほどの別嬪ってわけじゃないけれどさ。でも、じゅうぶん綺麗な人だったねぇ」

仙がぽつりと呟いた。

「そうね。素敵な人だったわ」

美津も頷いた。

鈴蘭は頼もしく、力強く、けれど同時に儚《はかな》げで美しい人だった。

その時、玄関先から「凌雲先生、お頼み申します」と若い男の声が聞こえた。

「患者さんだわ」

美津と仙は顔を見合わせた。

「ここは私に任せておくれよ。凌雲先生は明日まで留守だから、明後日に出直してください、って伝えればいいかい？」

仙が腰を浮かせた。

「お仙ちゃん、ありがとう。けど、ちょっと待って。もし一刻を争うことだったらいけないから、私がお話だけ聞くわ」

美津は己の手のさらしに目を落とした。

「確かにそうだね。もしも患者さんがさっきのお美津ちゃんみたいな具合だったら、たいへんだ。じゃあ、患者さんと飼い主さんを庭にお連れするよ」

「お仙ちゃん、ありがとうね」

美津が手早く片づけをして前掛けを着けていると、玄関先から仙と若い男の華やいだ笑い声が聞こえた。

「わあ、可愛い子だねえ！」

「ありがとうございます。うちの子を褒められるのは、嬉しいもんですねえ」

仙と飼い主の口調からすると、どうやら、さほど深刻な事態ではなさそうだ。

これから患者の症状を書き留めて、それを帰宅した凌雲に伝えて、必要ならば薬を用意しておこう。

わざわざ出向いてもらった手間を詫びて、お代を少しおまけすることで、きっと丸く収まるはずだ。

頭の中であれこれ算段しながら、美津は、ほっと息を吐いた。

「お美津ちゃん、何とも可愛らしい犬さんが来たよ」

仙が庭に連れてきたのは、白い毛並みの華奢な犬だ。長めの白い毛がふわふわ柔らかそうだ。首に結んだ首輪代わりの赤い布が、とてもよく似合っている。

潤んだ大きな目。すっかり垂れてしまった尾を、それでも控えめに左右に振っている姿。まるで大事に可愛がられた美しいお姫さまのように可憐な子だ。

「なんて可愛らしいんだろうねえ。こんなに可愛らしい犬さん見たことがないよ」

仙は強張った顔をした白犬の毛並みに、遠慮なく顔を埋めた。

「はじめまして。私は千駄《せんだ》ヶ谷《や》の湯屋の源三郎《げんざぶろう》。この子の名は、うちの看板娘のお姫《ひめ》といいます。年は二つの雌犬です」

飼い主の源三郎と名乗った若い男が、嬉しそうに頰を染めて言った。

「お姫、ですか。ぴったりのお名前ですね」

美津は思わず感心して言った。

姫は今にもぽろりと涙を零しそうな儚げな目をして、困ったように周囲を見回している。

「今日は、生憎《あいにく》、凌雲先生は往診に出てしまっているんです。急ぎの事態でなければ、私がお話を聞いて、戻り次第お伝えしますよ」

「ああ、それはご心配なく。少しも急ぎじゃありません」

言いながら、源三郎はくつくつと含み笑いを漏らす。

「ただ、このままお姫の妙な姿を放っておいて良いのか、けもの医者の先生にご相談したかっただけなんです」

「躾のことでしたら、それを専門にしている良い先生をご紹介しますよ」

美津は、《賢犬堂》の伝右衛門のことを思い浮かべつつ言った。

「躾といって良いのかどうか……」

源三郎が首を捻る。

「お姫の様子を教えていただければ、それも含めて凌雲先生に聞いてみます」

美津は帳面を手に訊いた。

「お姫は、うぬぼれ屋なんです。鏡に映る己のことが、好きで好きでたまらないのです」

三

源三郎の生家は千駄ヶ谷で湯屋を開いている。

〝看板娘〟の姫は、店先や土間のあたりを好きに行き来しつつ、湯涼みをする客たちにたいそう可愛がられているという。

「うちの湯屋の土間には、お客に使ってもらうための鏡が並んでいるんです」

風呂から出た客が、表に出る前にもう一度身支度を整えることができるようにとの、源三郎の父である湯屋の主人の計らいだ。

持ち手のついた手鏡が五つほど、框《かまち》のところの壁に並んで掛かっているという。

使った鏡は元通り壁に向けておくのが礼儀だ。

しかし、湯屋を使うたくさんの客の中には、うっかり鏡の面を表に向けたまま掛けてしまう者もいる。

「姫はそれを見つけると、大喜びで飛んでいくんです」

源三郎は眉を下げて、可愛くてたまらないという顔で姫を見た。

「ひとたび鏡を覗き始めたら、姫は梃子《てこ》でも動きません。客がからかおうとも、私が声を掛けようとも、ただひたすらずうっと、己の姿をうっとり見つめているんです」

「お姫さん、鏡の中に、見たこともないほどの美しい犬さんを見つけちまったのかもしれないねえ」

仙がぷっと噴き出した。

「そう、そうなんですよ」

源三郎も笑う。

「おそらくお姫は、鏡に映った己の姿に岡惚《おかぼ》れをしているんです。鏡を見るたびに、『鏡面をこちらに見せてくれ』というように、甲高い声で鳴いて、必死の様子で頼んできます。客が少ないときならば良いのですが、忙しい時分にそれをやられると、たまったものじゃありません」

「お姫、そんなに鏡の中の犬に会いたいのかい？　お姫の想いは決して実らないんだから、気の毒な話にも聞こえてくるねえ……」

仙が姫の白い毛を撫でた。

「せっかくだから、今、その想い人に会わせてあげましょうよ」

仙が巾着袋《きんちゃくぶくろ》をごそごそやり始めた。

「ほら、鏡だよ。あんたの大好きな美しい犬さんがこの中にいるよ」

仙が取り出した持ち手の付いた丸い鏡を見た途端、姫は目の色を変えて尾を振った。

姫は美津と源三郎を押しのけるようにして、鏡を覗き込む。

「まあ、ほんとうだわ」

美津は、思わず頬を緩めそうになった。

白くてふわふわの美しい毛並みを持つ姫が、微かに小首を傾げて、鏡の中の己にじっと見入っている。

その艶やかな目は、確かにうっとりと潤《うる》んでいるように見えた。

「おうい、お姫」

源三郎が声を掛けた。

姫は、鏡を返せと言われると思ったのか、慌てた様子でさらに熱心に身を乗り出すようにして鏡を覗き込む。

「いつもこんな調子です。ひとたび鏡を覗き始めたら、私のことなんて一切見えない、聞こえない、ですよ。この様子じゃ、そのうちお客さんの鏡を奪おうとするんじゃないか、なんてひやひやしています」

「逢えない恋ってのは、何より想いが募るもんですからねえ。毎日一緒に暮らし始めたら、そんな甘っちょろいもんは……いえいえ、それはこっちの話」

仙がぺろりと舌を出した。

「鏡は湯屋のお客さんのために置いているものですから、片付けるわけにもいきませんものねえ」

美津はうーんと腕を組んだ。

「わかりました。凌雲先生に相談してみます」

家業の湯屋には鏡がどうしても必要だ。猿田彦のときのように、鏡と嫌な出来事を紐づけて、姫を怖がらせてしまうわけにもいかない。

「お内儀さん、そんなに難しい顔をしないでくださいな。こっちは少しも急ぎじゃありません。今のところは、みんな腹を抱えて笑っていますよ。むしろお姫のこの癖のおかげで、その場が和んで助かっているくらいです」

源三郎が、仙の鏡をなおも覗き込む姫の尻を、愛おし気にぽんと叩いた。

「そんな呑気な調子だったなら、なんでわざわざ《毛玉堂》にいらしたんだい？」

仙が不思議そうな顔をした。

「確かに、言われてみればどうしてでしょうね。私もよくわかりません。もしかすると、私は自慢のお姫の愉快な姿を、皆さんに見て欲しかっただけなのかもしれませんね」

源三郎は人の好さそうな顔で、頭を掻いた。

四

「黒太郎、帰ったぞ。具合はどうだ？」

あくる日の夕暮れ、出かけたときよりもずっとたくさんの荷を抱えた凌雲が、《毛玉堂》に帰ってきた。

炊事場で黒太郎が「おかえり」と言うようにけたたましく鳴く。

「まあ、黒太郎だけですか？　この家のみんなで揃って、凌雲さんの帰りを待っていますよ」

まずは黒太郎を最初に思い遣る凌雲の優しさが、わかっていないはずはない。

美津は一日ぶりに見る凌雲の顔に思わず頬が緩むのを感じながら、待ちきれずに玄関先に迎えに出てきた白太郎、茶太郎、そしてマネキを振り返った。

「やあ、お前たち。出迎えありがとう」

凌雲は照れくさそうに皆を見回してから、「お美津、ただいま戻ったぞ。留守にして悪かったな。何事もなかったか？」と訊いた。

「もちろん、いつもどおりです。凌雲さん、おかえりなさい」

美津は、凌雲が手にしていた大きな風呂敷包みを受け取った。ずしりと重い。

「家の人から、山のように土産物を貰ったんだ」

「お馬の赤ちゃん、無事に生まれましたか？」

美津が笑顔で訊いたそのとき、凌雲の顔に影が差した。

美津は、あっと胸の内で呟く。

「残念ながら、死産だった。私が診たときにはもう子は息絶えていて、どうにか腹から出してやるために奮闘する形になってしまった」

「……そうでしたか」

身体が大きい牛馬の出産は、人の出産以上に難産が多い。

どれほどけものの医者が奮闘しても、うまく出産まで漕《こ》ぎつけることができるのは、半々というところだろう。

「だが、母馬はまだ若い。産後の肥立《ひだ》ちは良いはずだ。きっと次はうまくいくはず

くいくはずです」

「ええ。凌雲さんが母馬を始めからしっかり診てあげることができれば、きっとうま

だ」

今回の家は、それまで一切の付き合いがなかったものを、母馬が産気づいてしばら

くしてから急に呼ばれたのだ。

「命が生まれるということは、さほど易しいことではないぞ。医者ができることはた

かが知れている。ただ無事でいてくれと祈ることしかできない場面はたくさんある」

「凌雲さん？」

凌雲の口調にどこかいつもと違ったものを感じた。

「……済まない。やはり今回のことは、少し応えたようだ」

凌雲がため息をついた。

「ほんとうにお疲れさまでした。今日は、ゆっくりお休みください」

美津も目を伏せた。

「休む前に、黒太郎に挨拶をしてこよう。お美津、一緒に行こう」

「ええ、もちろんです。黒太郎、きっと大喜びします。このお土産の風呂敷包みを解

いたら、すぐに私も行きますね」

気を取り直したように手早く風呂敷包みを開こうとした、そのとき。

「その手はどうした？」

凌雲が怪訝そうな声で訊いた。

「え？　これですか？」

ほんの刹那だけ、口淀んでしまった。

悲しい出来事に立ち会って意気消沈している凌雲に、鈴蘭のことを話しても良いのか。そんな想いが過ってしまった。

――いけない。鈴蘭先生に、そして凌雲さんにも失礼だ。

慌てて打ち消した。

「実は猿田彦に噛まれた傷口が、ひどく膿んでしまいました。お仙ちゃんの計らいで、鈴蘭先生に診ていただいたんです。鈴蘭先生、以前、噂をお話ししたのを覚えていますか？　噂通りのとても腕の良い立派な先生で、傷口の具合もすっかり良くなりました」

「鈴蘭だって？」

訊き返した凌雲の声色に驚いた。

凌雲の顔が強張っていた。

「す、鈴蘭先生は、けもの医者です。そして女の先生です。けれど、ほんとうに素晴らしい先生なんです」

どうしてこんなふうに、鈴蘭を庇うようなことを言っているのだろう。

美津は息が浅くなるのを覚えながら、目をあちこちに巡らせた。

凌雲は、鈴蘭が女医者だからと見くびるような人ではないと信じていた。仙だってそう言ってくれたはずだ。

けれど、凌雲のこの表情はまさか……。

「お美津。何も言わなくていい」

凌雲が低い声で言った。

「おそらくお前が案じているのとは、関わりのないことだ。医者の腕に男も女もない」

ぴしゃりと言われて、胸が冷たくなった。

そんな、違うんです、と言いたくなる。凌雲さんが鈴蘭先生を女だからって見くびるような人じゃないってことは、誰よりも私がいちばんよく知っています。

「柳沢村で、鈴蘭の名をまさにちょうど聞いたところだったんだ」

「柳沢村ですか……？　もしかして馬の家の人ですか？」

嫌な予感を覚えた。

「ああそうだ。私が出向いたとき、馬の家の人はずいぶんと腹を立てていた。『嫌々ながら鈴蘭という女医者に任せておいたら、こんなことになってしまった。鈴蘭を追い出して、男の凌雲先生に来ていただけてほんとうに良かった』とな」

「そんな……」

先ほどの凌雲の言葉からは、今回の出来事は、けもの医者の力ではどうにもならなかったことだとわかる。

母馬の腹の子が息絶えてしまったのは、鈴蘭のせいではないはずだ。

「私は、その言葉を素直に喜べるはずがない。そういう意味でも、応える一日だった」

美津は、己が広げた風呂敷包みを見つめた。

たくさんの野菜や菓子、それにお礼の金子の包みまである。

馬の家の人が、たとえ残念な結果になってしまったとしても、凌雲に感謝をしているとわかる、心づくしの土産物だった。

五

美津は仙と並んで、《鍵屋》の店先の床几に腰かけた。

倉地家への嫁入りが決まるまでは《鍵屋》の看板娘として働いていた仙にとって、《鍵屋》は勝手知ったる己の庭だ。

「おっ、あれはお仙だよ。珍しいこともあるもんだね」

「お仙だ」

「お仙がいるよ」

「まさか、お仙にお目にかかれるなんて思わなかったよ」

皆が仙を憧れの目で見てひそひそ話す。

そんな人々を尻目に、何も気づいていないように澄まして胸を張る仙は、やはり輝くばかりに美しい。

「お仙、倉地家のお屋敷から勝手に抜け出していいのか？　その様子じゃ、もしかして政之助と……」

興味津々という様子で話しかけてくる不躾な男には、

「おや、あんたが、政さんよりも良い暮らしをさせてくれるっていうのかい？　そりゃいい。言っとくけど、私はとんでもなく金がかかる女だよ」

なんて、冷めた流し目を向けて追っ払う。

「鈴蘭先生の話、いろいろと考えさせられちまうね」

ひととおりの人あしらいを終えてから、仙は美津の耳元で囁いた。

女の医者だからという理由で、馬の家の人に追い払われた鈴蘭。

対して凌雲のほうは、ただ男だというだけで有難がられて喜ばれた。

美津にも仙にも、聞いていて心地よい話であるはずがない。

「鈴蘭先生ってさ、うんと格好良かったよね」

仙がぼんやりと、感応寺の参道を行く人の流れを見つめた。

「鈴蘭先生ってのは、男みたいでもなけりゃ、女みたいでもないんだ。あんな人に会ったのは初めてさ」

「己の道に奮闘しているとき、人はあんなふうになるのかもしれないわね」

美津は思いつくままに呟《つぶや》いた。

「なるほどね。あれは己の道をまっすぐに進んでいる人の姿かい。さすがお美津ちゃん、相変わらず良いことを言うね」

「ありがとう。お仙ちゃんに褒められちゃったわ」

――男みたいでも、女みたいでもない。

鈴蘭の姿を思い出した。

手の甲をそっと撫でた。傷口からは痛みがすっかり引いて、むしろくすぐったくなるような痒《かゆ》みさえ感じる。

やはり鈴蘭は腕の良い医者だ。

「己の道、か。私は、いったいどうなっちまうんだろうねえ……」

困り果てた仙の言葉が、今日は己のこととして胸に迫る。

「そうだ、今日は、小梅さんが一緒じゃないのね？　犬の匂いを嗅いでいなくても平気？」

「そのことだけれど、数日前から、急に胸のむかつきがなくなってね。小梅さんは、もういなくても平気さ。代わりに三度の飯が美味《うま》くて美味くて、いくらでも底なしに食べちまうようになったよ」

仙がけろっとした顔をする。

「いなくても平気、って。そんな急に。あれほど毎日付き合ってくれた小梅さんに、きちんとお礼を言ったの？」

仙の腹の子は順調に違いない。

少しほっとしながら軽口を叩く。

「もちろん言ったさ。鯛の尾頭付きもお持ちしたよ。小梅さんは、『またいつでもおいで』っていつものまん丸な笑顔で、尾を振ってくれたよ」

「まあ、お仙ちゃん、小梅さんとお喋りできるようになったのね」

「犬さんってのは、猫さんよりもだいぶ話が通じやすいもんだね。小梅さんと出会って、初めて知ったよ」

「あらそう？　お仙ちゃんから犬を良く言う言葉が聞けるようになったのは、とても嬉しいわ」

「何を言っているんだい？　私は元から、犬も猫も同じくらい大好きさ」

二人で笑い合っていると、目の前の参道を、赤ん坊を抱いた母親が通りかかった。

赤ん坊は、生まれて半年くらいだろう。

艶々したはち切れるような頰をして、美津と仙の笑い声に釣られるように、こちらを見てにっこり笑う。

「可愛い赤ちゃんですね」

美津は目を細めて、赤ん坊の母親に話しかけた。

「この子は、人見知りがほとんどありません。ちょっと用事を済まそうってときに、気軽に人に抱いていてもらえるから助かっていますよ。誰に抱かれても泣かないんです」

母親はまだ若い。おそらく美津や仙よりも年下だろう。

赤ん坊によく似た人懐こい笑顔の、素朴で幸せそうな母親だ。

「人見知りがない、ですって？　お仙ちゃん、ちょうどいい機会なんじゃない？　この可愛らしい赤ちゃん、抱っこさせていただいたら？」

美津は仙を肩でつついた。

「え、えっと……」

「お仙ちゃんは、お腹に子がいるんです」

歯切れが悪い仙のことを妙に思われないようにと、美津は慌ててこっそり母親に打ち明けた。

「まあ、それはそれはめでたいことですねえ。どうぞ、この子と遊んでやってくださいな」

母親がすっかり気を許した顔をした。

赤ん坊が、きゃっきゃと笑って仙に向かって手を差し伸べた。

「え？　あ、はい。そうだね。そうですね」

仙が固い声で応じると、恐る恐るという様子で腕を伸ばした。

ぎこつない動きで、赤ん坊を胸に抱く。

「きゃあ、ほんとうに可愛いですね」

美津は目尻を下げて声を上げた。

「赤ん坊ってのは、いいもんでしょう？　この世でいちばん大事なもんですよ」

母親が誇らしげに言った。

「よくわかります。こんなに可愛い子がいたら、そう思いますよね」

美津は心から言った。

我が子を褒められてよほど嬉しかったのか、母親の頬がぽっと赤くなった。

「女は赤ん坊を産んでこそ一人前ですからね。私はそう信じていますよ。女の幸せってのは、たった一つ、赤ん坊を産み育てることなんです」

母親が己に言い聞かせるように、大きく頷きながら言った。

そのとき――。

「ああっ。赤ん坊さん、どうか、どうか泣かないでおくれ」

仙の腕の中の赤ん坊の顔が歪んだ。

刹那の沈黙の後。人見知りなぞなく、決して泣かないはずの赤ん坊が、顔を真っ赤にして大声で泣き出した。

六

「凌雲さん、やはり合っていました。源三郎さんの湯屋は、この道をまっすぐ進んだところだそうですよ」

通りすがりの人に道を聞いた美津は、凌雲を振り返った。

「あんたたち源三郎の湯屋に行くなら、きっと面白いもんが見られるよ。鏡に映った己の姿が恋しくてたまらないって、うんと可愛くてお馬鹿なうぬぼれ犬さ」

「ご親切にありがとうございます。とても助かりました」

礼を言って、凌雲のところへ駆け戻る。

留守の間に溜まっていた用事を昨日のうちに済ませた凌雲は、手が空いてすぐに、美津を伴って源三郎のお姫のところへ出向くことにしたのだ。

――うぬぼれ犬か。

美津から詳しく話を聞いた凌雲は、にこりとも笑わずに、

——すぐに湯屋でのお姫の様子を見に行こう。

と答えた。

湯屋の前の床几では、湯上がりのさっぱりした顔をした客たちが、晩秋の冷たい風に心地良さそうに目を細めている。

「そこにいらっしゃるのは、《毛玉堂》のお内儀《かみ》さんではないですか！」

茶を運んだり席の片づけをしたりと、湯上がりの客の間を忙しく駆け回っているのは、前掛けをした源三郎だ。

「先日は、せっかく《毛玉堂》に来ていただいたのに申し訳ありませんでした。凌雲先生を連れて、お姫の様子を診に参りました」

「それはそれは。遠いところ、よくぞお越しいただきました。ですがなんだか、こちらこそ申し訳ないですよ。少しも大仰な話ではありませんからね。ちっとも大した話ではないんです」

源三郎が重ねて言った。

「大した話ではないなら、なぜ源三郎は、わざわざこれほど遠いところを《毛玉堂》へ出向いた？」

凌雲が問いかけた。

「へっ？」

「りょ、凌雲先生、そんな言い方はいけませんよ」

美津は慌てて割って入った。

確かに《毛玉堂》から源三郎の湯屋までは、谷中から千駄ヶ谷まで。大人の足でも少々閉口するほどの長い道のりだったが。

「源三郎は、お姫に何か異変を察知したのではないか？　これまでの壮健な姿とは違う何かを認めたのではないか？　私はそう判じた」

凌雲が源三郎をじっと見た。

「えっと、私はたぶん、そんな難しいことは考えちゃいないと思いますけれどねえ。ただ何となく久しぶりにちょいと暇ができたもんで、お姫と散歩がてら……」

源三郎は困惑した顔だ。

「お姫の姿を見せてくれ」

「は、はいっ。こちらです」

源三郎は土間に駆け込んだ。

薄暗い土間で、よく手入れをされた真っ白い毛並みの犬が、愛想良く尾を振っていた。改めて、白い毛に赤い布の首輪がよく似合っている。

《毛玉堂》で会ったときよりも、ずっと生き生きとした姿だ。これが本来の姫の姿だ。

《毛玉堂》に連れてこられた患者は、その大半が匂いでここが医院であることを察し、怯えて身を強張らせてしまっている。

怪我や病を診るならばそれでも構わないが、今回の姫のように妙な行動を取ることを相談されたときは、患者の獣が気楽な気分のときにどうしているかを知るためにも、暮らしの場に出向くことが必要だ。

「お姫、こんにちは」

美津が挨拶をすると、姫は他の客にするのと同じように尾を振った。

姫は、己も湯屋の土間で働いている気分になっているのだろう。土間を大きな円を描くようにうろうろと歩き回っては、先々で出会う客に頭を撫でてもらう。

「お姫」

源三郎が呼ぶと、姫の耳がぴくりと動いた。

「今日は、凌雲先生がいらしたぞ」

姫が首を傾げた。

「お姫が覗き込むのは、この鏡か？」

凌雲が框のところの壁に並んだ手鏡に目を向けた。

「ええ、そうです。凌雲先生、試しにどれか一つ、手に取ってみていただけますか？」

源三郎の言葉に、凌雲が手鏡の一つを裏返した。

その途端、姫の顔つきが変わった。

脇目も振らずに凌雲のところへ飛んでいくと、その身体を押しのけるようにして鏡を覗き込む。

「やあ、お姫のうぬぼれが始まったぞ」

湯屋の客たちが笑い出した。

「おうい、お姫。それはお前の姿だぞ」

「お姫、こっちを向いてごらんよ」

「まったく、剽軽《ひょうきん》な奴だなあ」

皆に囃《はや》し立てられても、姫は少しも聞こえていないような顔をしている。

小首を傾げてうっとりと鏡の中を見つめ、目を輝かせ、ときどき尾を振ったりもしている。

「……とまあ、いつもこんな様子です」

源三郎が苦笑いを浮かべて、肩を竦めた。

「源三郎。お姫を呼んでみてくれ」

凌雲が真剣な声で言った。

「えっ？　は、はい。わかりました。お姫！」

凌雲の声色に、源三郎の顔も引き締まる。

姫は振り返らない。

「もう何度か呼んでくれ」

「お姫！　おうい、お姫！　お姫や！」

姫がぐっと鏡を覗き込んだ。

先日《毛玉堂》で見たときと一緒だ。

源三郎の声色が強くなったので、もうじき鏡から引き離されてしまうと思っているのだろう。

「お美津。薬箱だ。小刀はすべて研《と》いであったな？」

凌雲が急に鋭い声で言った。

「はいっ！　薬箱の中の道具の手入れは、万全です！」

美津は慌てて何度も頷いた。

框に置かせてもらっていた、大きな薬箱に駆け寄る。

「薬箱ですって？　小刀？　いったい何のお話ですか？」

源三郎が怪訝そうな顔をした。

「すぐに手技を行う。源三郎。客の目につかない場所にお姫を運んでくれ」

凌雲の言葉の意味を理解した源三郎の顔が、すっと白くなった。

七

「まずは首輪を外そう。ずいぶんしっかりと結んであるな」

湯屋の奥の間に通された凌雲が、姫の首元の赤い布の結び目を睨んだ。

「この布は首輪の代わりですから、表で散歩をしているときに、急に外れてしまうことがないようにしっかり結んでいます。首が締まって苦しくならないようにと、私の指が二本ほど入る隙間を作るように、気をつけてはいたのですがそれがいけなかったのでしょうか」

源三郎が不安そうな顔で、赤い布の結び目を解いた。

布を取り去られた姫の首元は、ぐるりと一周、毛が薄くなっている。

「いや、源三郎は間違っていない。毛が長い犬は、どうしてもこうなってしまうものだ。これからも引き綱で散歩に出るなら、あらかじめ首元の毛が絡まらないように短く刈り揃えておくほうが良いかもしれない。だがしかし、お姫の異変はこのせいではなさそうだ。きっと、もっと……」

凌雲が姫の首元を確かめるように触れた。

右の首筋に触れたそのとき。

「きゃん！」

甲高い声が響き渡ったと同時に、姫がその場で飛び上がった。

「お姫！」

源三郎が慌てて姫を抱き締めようとするのを、凌雲が「待ってくれ」と制した。

「お美津、お姫の身体を押さえてくれ」

「わかりました」

飼い主ではなく、美津が患者の身体を押さえる。

そう凌雲が命じたときは、これから強い痛みを伴う手技が行われるということだ。

獣にとっては、信頼できる飼い主に抱かれるほうが落ち着くに違いない。

だが同時に、気を許した飼い主が相手だからこそ、目いっぱい暴れれば手を放してくれるかもしれない、力いっぱい噛みついても許してもらえるだろう、という甘えが出てくる。

刃物を持っての手技の最中に、万が一にも介添えが手を離してしまったらたいへんなことになるのだ。

美津は奥歯を噛み締めると、姫の息が苦しくならないようにだけ注意しながら、そのふわふわした白い身体を容赦なく押さえ込んだ。

姫の身体が小刻みに震える。

ごめんね。少しだけ辛抱してね。凌雲先生が必ず苦しいところを治してくれるからね。

そんなふうに心の中で呟きながらも、少しも隙を見せないようにと口をへの字に結ぶ。

凌雲が姫の首元の毛を掻き分けた。

よしっ、と頷く。

「見つけたぞ。お美津、これから小刀を使うぞ」

「はいっ！」

美津は凌雲と呼吸を合わせるようにして、姫を抱く手に力を込めた。

「ひいいい」

姫が震えるか細い悲鳴を上げた。

「よし、うまくいったぞ。源三郎、お姫を宥めてやってくれ」

凌雲が囁いた。

美津はゆっくりそっと力を抜いて、姫を源三郎の胸に渡した。

ここで、ぴしゃりと手を打ち鳴らしたように気を張ったものを解いてしまうと、獣は混乱して襲い掛かってくることがある。

特に今回のように強い痛みを伴う手技は、いつ己が放たれたのかわからないくらいさりげなく、終わらせるのが肝心だ。

姫は恐る恐るという様子で周囲を見回してから、ようやく痛いことが終わったと気付いたのか、源三郎にひしと身を寄せた。

「右の首元に、この棘《とげ》が刺さっていた」

凌雲が、子供の指先ほどの長さの尖った木片を見せた。

木片は血で濡れている。

「きっと、表で転がり回った拍子に首に刺さってしまったんだろう。棘の傷口は小さいから、出血も少なくすぐに塞がってしまう。傷の様子からするとおそらく数月は、首にこんなに長い棘が刺さったまま暮らしていたのだろう」

「それじゃあ、お姫は、とんでもなく痛い思いをしていたはずですよね？」

源三郎が泣き出しそうな顔で言った。

「傷口が膿んでいたわけではないので、常に強い痛みを感じていたというわけではないだろう。しかし首筋に長い棘がささっているということは、首を大きく後ろに向けることは難しかったはずだ」

「つまり、お姫は、振り返る、という動きができなくなっていたのですね」

源三郎が噛み締めるように言った。

姫が首を捩るようにして、嬉しそうに源三郎の顔を見上げた。

「凌雲先生の仰るとおりです。姫はこのところ、こんなふうに首を曲げてこちらを見てくれなくなっていたんです。私は、てっきり鏡の中の犬、つまり己に岡惚れしちまって、私のことなんて興味を無くしているんだとばかり思っていました」

「お姫のうぬぼれの理由は、きっとそれと関わりがあるはずだ。もう一度、お姫に鏡を見せてみよう」

凌雲が手鏡を姫に向けた。

姫は躍り上がるような仕草で、鏡に駆け寄る。

これまで美津と凌雲が目にしたように、姫は鏡の中をじっと見つめる。

「さあ、呼んでみてくれ」

源三郎が頷いた。

「お姫」

姫が素早く振り返った。痛みがないことに驚いたように目を丸くして源三郎を見つめると、ぱっと笑顔を浮かべたかに見えた。

千切れんばかりに尾を振りながら、姫は源三郎の元に駆け寄る。

「凌雲先生……。お姫は、お姫は……」

源三郎が涙で顔をぐしゃぐしゃにしながら、姫に抱き着いた。

「お姫が見ていたのは鏡の中の己の姿ではなく、私のことだったんですね？　私が背後から声を掛けても、声の聞こえたほうに向かって首を曲げることができないから、鏡の中の私を真剣に見つめていたんですね？」

「おそらくあの棘の刺さり方なら、向かい合って源三郎の顔を見上げることも辛かったはずだ。それが鏡の中ならば、鏡の角度さえ合えば、首をほとんど曲げずとも源三郎の顔を見ることができる」

凌雲が頷いた。

「お姫、お前はずっと、私のことを見てくれていたんだね？　それを、うぬぼれ犬なんて笑って、私への関心をなくしてしまったなんて軽口を叩いて。ああ、私はなんて馬鹿な飼い主だったんだろう。お姫、ごめんよう、ごめんよう」

泣き崩れる源三郎の頬を、姫がぺろりと舐めた。

「……源三郎、お前は馬鹿な飼い主なぞではないぞ」

しばらく黙ってから、凌雲がぽつりと言った。

「お前はお姫の異変を察して、わざわざ《毛玉堂》に連れてきた」

「それは、ただ、何となくなんです。確たるものなんて、何もありませんでしたよ」

源三郎が情けない声で言った。

「確たるものは何もないのに、ただ何となくおかしいという異変。それに気付くことこそが、獣を大切にする飼い主ということなんだ」

源三郎はぽかんとした顔をした。

「私のことを、そんなに褒めていただけるなんて思いませんでした。凌雲先生は、優しいお医者さんですね」

「褒めてはいない。私はただ思ったことを言っただけだ」

凌雲は冷めた声で応じると、源三郎を一心に見上げて尾を振る姫の姿に小さく微笑んだ。

八

美津は心地よい日差しの注ぐ縁側で、右手のさらしを外した。

「わあ、すっかり良くなりました。凌雲さん、見てください」

美津が手の甲を示してみせると、マネキを抱いた凌雲が部屋の奥から現れた。

「赤味も熱も一切ないな。かさぶたにも歪みがない。これなら傷痕もじきに消えるだろう」

獣に嚙まれた傷痕は、力任せに裂かれるせいか、いつまでも残ってしまうものが多い。凌雲の腕にも、黒っぽい歯形の痕はいくつも残っていた。

美津も、この仕事をしているのだから仕方ないと思ってはいた。

けれども傷痕が消えると言われると、思っていたよりもずっと嬉しい気持ちが湧いた。

「傷をまっすぐに切り直して、縫い留めているんだな。針と糸の使い方が見事だな。この治療には大きな痛みを伴うが、その分、再び膿むことが減って治りはずいぶん早くなる。牛馬の怪我でよく使うやり方だ」

凌雲が、美津の傷を真剣な目で見た。

「え？　そうなんですか？」

膿を出す手技があまりにも痛くて耐えるのに必死だった。鈴蘭が何をしているかなんて少しもわかっていなかった。

まさか傷口を再び切って、さらに縫ってあったとは。

見ていなくてほんとうによかった。

きっと一部始終を見ていたら、震え上がってしまい、もっととんでもない痛みを感じていたに違いない。

「鈴蘭先生、綺麗に治してくださったんですね」

「鈴蘭はお美津のために、少しでも傷痕が残らない方法を取ったようだな。私には、思いつくことができなかった気配りだ」

凌雲が感心したように言った。

美津の胸がぽっと温かくなった。

凌雲が鈴蘭の腕を認めているということが、どうしてこんなに嬉しいのだろう。

「お美津さん、いらっしゃいますか？」

玄関先から、低く落ち着いた女の声が聞こえた。

「鈴蘭先生です。もう一度、傷の治りを診ていただくことになっていました」

美津は凌雲に言って、鈴蘭を迎えに走った。

「傷は治ったようですね」

鈴蘭は、美津の顔を見るよりも先にさらしの取れた手に目を向けて微笑んだ。

「ええ、すっかり良くなりました。鈴蘭先生のおかげです」

美津は深々と頭を下げた。

「鈴蘭先生、よくいらしてくださった」

凌雲が足元にマネキを従えて、廊下の奥から顔を出した。

「その節は、妻が世話になった。お美津の傷を治してくれて、ほんとうにありがとう」

凌雲が頭を下げると、鈴蘭は怪訝そうな顔をした。

「礼を言われるとは思いませんでした」

「なぜだ？　助けていただいたのに礼を言わないなんて、そんな道理が通らない話があるのか？」

凌雲がきょとんとした顔をする。

鈴蘭がふっと息を抜いて笑った。

「実を申し上げますと、ここへ伺うには、少々気が重く感じておりました。もちろん患者のためですので、このまま行かない、ということなぞは決してありませんが」

きっぱりと言って、頼もしい目を美津に向ける。

「柳沢村の一件だな」

凌雲が眉間に皺を寄せた。

「ええ、その通りです」

「何と申し上げてよいやらわからない。ただ鈴蘭先生は、何も間違った治療はしていなかったということだけは、言い切ることができる」

「腹の子はどうなりましたか？」

「残念だが手遅れだった。私が着いたときには、もう息がなかった」

「あぁっ、もうっ！」

鈴蘭が急に低い声を上げると、力いっぱい足を踏み鳴らした。

「だから言ったのです！　あのときに私に手技を任せてくれてさえいれば、今頃、母子ともに、健やかに過ごすことができたはずなのに……」

鈴蘭は今にも泣き出しそうに顔を歪めてから、はっと我に返ったように首を横に振った。

「何とも、お見苦しい姿を」

鈴蘭が肩で息をしながら言った。

「命の話だ。少しも見苦しくなぞない」

凌雲が静かに応じた。

しばらく沈黙が訪れた。

美津は先ほどの鈴蘭の姿に圧倒されて、言葉ひとつ発することができなかった。

怒りに満ちた、猛々しい姿。真っ赤な顔の目に浮かんでいた、悔し涙。

私はあんなふうに、全力でこの世に向き合ったことがあっただろうか。

美津にひとつだけわかるのは、鈴蘭の激しさと同じものを、凌雲も常に胸に抱いて働いているということだ。

表に出る形は違えども、凌雲と鈴蘭は、同じように己の道へのまっすぐな思いを抱いて生きている。

「にゃあ」

マネキの鳴き声に、ふと引き戻されたような気分になった。

「マネキ、どうしたの？　あら、ご飯がまだだったわね。ごめんなさいね」

美津の足によじ登ろうとするかのようなマネキの必死の訴えに、美津は「ごめん、ごめん」と微笑む。

「私はマネキに餌をやってきますね。鈴蘭先生、どうぞごゆっくりなさってくださ い」

「お気遣いありがとうございます。ですがまだ仕事が残っておりますので、もう行かなくては」

鈴蘭がきっぱりと言って、会釈をした。

「ならば、改めて、ゆっくり訪ねてくださらないか。けもの医者の知人はひとりもいない。これを機に、私たちと親交を深めていただければ有難い」

凌雲が美津を振り返りながら言うと、鈴蘭は少し驚いた顔をしてから、

「明後日でしたら、伺えます」

と、小さく笑った。

愛馬小栗

一

鈴蘭が《毛玉堂》に訪れたのは、よく晴れた朝だった。

「犬が二匹に猫が一匹、ですか。羨ましい限りです」

奥の部屋に通された鈴蘭は、庭の犬たちと、縁側で昼寝をしているマネキに目を細めた。

「良い犬、それに良い猫ですね。仕事で接するのは、身体の具合の悪い獣ばかりなので、こうして健やかな獣をゆっくり眺めることができると、ほっとします」

鈴蘭の口調からは、ほんとうに獣のことが好きでたまらない様子が窺える。

確か鈴蘭の父親は、庄條権左衛門という名の医者だったと聞いた。人の医者の娘がけもの医者になるというのは、どういう理由かと不思議にも思ったが、この姿を見るとおそらく鈴蘭本人のたっての望みだったのだろう。

獣の話をしているときの鈴蘭は、自身の言うとおり、ずいぶん力が抜けて柔らかく見えた。

「犬は三匹いる。黒太郎という老犬だ。少し前から惚けが始まったので、囲いのある場所で休ませているんだ」

《毛玉堂》の犬たちについて話すとき、凌雲の表情にもまた、どこか少年らしい柔らかさが浮かぶ。

「老犬ですか。姿を見せてもらうことはできますか？」

「もちろんだ」

「まあ、炊事場はかなり散らかっていますが……」

美津がぎょっとして声を掛けると、鈴蘭が、

「私は、黒太郎以外のものは何一つ目に入れません。ご安心ください」

と当たり前の顔で言った。

「……鈴蘭先生がそう仰るなら」

すっかり圧倒されてしまった心持ちで、美津は頷いた。

凌雲に伴われて炊事場へ向かう鈴蘭の背を見つめて、美津はため息をついた。

鈴蘭というのはほんとうに不思議な女だ。

凛としていて、まっすぐで、けもの医者の仕事に全力で向き合っている。

そんな鈴蘭の強さを前にすると、凌雲とのささやかな暮らしの中で、あれこれ思い悩んでいる己がとてもちっぽけに見えてくる。

――もしも己の妻が鈴蘭先生のような素敵な人だったら、凌雲さんは……。

そんなことを思いかけて、慌てて首を激しく横に振る。

――いけない、いけない。いったい何を考えているの。

動物が好きで、賢く、度胸があり、おまけに美しい鈴蘭。

考えないようにしようと思えば思うほど、美津の胸に靄《もや》が広がる。

しばらくして戻って来た鈴蘭の着物には黒太郎の黒い毛がたくさん付いていた。

「お美津さん」

「は、はいっ！　何でしょうか？」

声を掛けられるとは思わず、美津は背筋を伸ばした。

「あなたはずいぶんと力のある方ですね。老犬を含む三匹の犬、そして一匹の猫の世話をして、さらに《毛玉堂》の仕事もされている。黒太郎の世話の行き届いた様子からすれば、あなたが普段どれほど真剣に働いているかが伝わりました」

「えっ？」

美津は頬がかっと熱くなるのを感じた。

「そんな立派なものではありません。家のことをするのは当たり前ですし、凌雲先生のお手伝いだって当たり前ですし、えっと、それに、『どれほど真剣に働いているか』なんてそんなそんな……」

たどたどしく応じながら、まるで褒められた子供のように頬が緩んでしまう。

「鈴蘭先生、それをわかってくださったか」

凌雲が嬉しそうに言った。

「凌雲さんまで、そんな……」

ただ当たり前のことをしているだけなのに、こんなに褒められたのは生まれて初めてだ。

今日はいったいどんな日なのだろう。

両頬を押さえて思わず顔を伏せたそのとき。

「凌雲先生、たいへんです！」

その場の柔らかい雰囲気を一変させるような低い声が響いた。

よく日に焼けてたくましい身体をした百姓姿の男が、庭に駆け込んできた。

「どうした？」

男の険しい表情に、凌雲の顔つきが変わる。

「小栗《おぐり》が立てなくなりました。飼い葉の中に埋もれるようにして、藻掻《もが》いております」

「何だって？」

凌雲の目が見開かれた。

鈴蘭と素早く目配せをする。

小栗とは、凌雲が、そして鈴蘭が診た柳沢村の馬の名に違いない。

鈴蘭の眉間に深い皺が寄った。

「小栗は柳沢村の暮らしに欠かせないものです。万が一小栗がいなくなってしまったら柳沢村はおしまいです。凌雲先生のせいでないことはじゅうぶんに存じておりますが、どうぞ、どうぞ小栗を救ってくださいませ」

男は泣き出しそうな顔をした。

男の言うとおり、馬の力は畑仕事に欠かせないものだ。その身体の大きさと仔馬から健やかに育てることの難しさから、とんでもなく高価なものでもある。

小栗は、村人が皆で大事に養い育てている、皆の馬と言っても良いだろう。

「すぐに柳沢村へ向かおう」

凌雲が立ち上がった。

顔が強張り血の気が引いていた。

「ああ、凌雲先生、ありがたや……」

「だが一つ頼みがある。鈴蘭先生にも一緒に行っていただくことを許していただきたい」

「鈴蘭先生だって？」

男は、初めて縁側に座る鈴蘭の姿に気付いた顔をした。

「先だっては、去り際のご挨拶もまともにできませんで、失礼いたしました。あれから小栗はどうなったのだろうと、ずっと気になっておりました」

鈴蘭が男を挑むような目で見た。

「どうして鈴蘭先生がここに……」

男は何ともばつが悪そうに目を逸らす。

「小栗が倒れたのは、私の予期の及ばないところだ。小栗のためには、鈴蘭先生のお力添えが必要なんだ。わかってくれ」

「凌雲先生に及ばないことなんて、ありゃしませんよ……」

男は納得いかない様子でしばらく目を泳がせてから、

「私の役目は、凌雲先生をお連れすることです。村の人がどんなふうに言うかまでは、私にはわかりませんよ」

　と破れかぶれの様子で言い放った。

「聞いたか。鈴蘭先生。悪いがどうかお頼みしたい。一緒に柳沢村へ行ってくれ」

「もちろんです」

　鈴蘭が凌雲の言葉に被せるように言った。

「お二人とも、お気をつけて行っていらしてください。凌雲さん、すぐにお支度を……」

　腰を浮かせかけた美津の耳に、意外な言葉が飛び込んだ。

「お美津、お前も一緒に行って欲しい」

「ええっ!?　私がですか？」

　美津は目を丸くした。

　凌雲の留守にこの家をしっかり守るのが、己の役目と疑っていなかったのに。

「ああ、もう何でも構いませんよ。とにかく小栗を救っていただければ、それでいいんです！」

　男が頭を掻きむしるようにして、大声を出した。

二

何が何やらわからない心持ちで、美津は旅の支度を始めた。

いつもの凌雲の往診の際は、旅の無事を祈るような思いで丹念に皺を伸ばした着物を大事に包んだ。

しかし今は、そんな悠長なことをしている暇はない。

鈴蘭が急いで支度を終えて《毛玉堂》へ戻ってくるまでの間に、凌雲と己の旅支度、それに《毛玉堂》の犬猫たちの世話の算段をしなくてはいけない。

「お美津ちゃん、来たよ！　とんでもないことになったね。留守の間の犬たちとマネキの世話は、私に任せておくれよ」

「お仙ちゃん！　こんなに早くに飛んできてくれるなんて思わなかったわ」

《鍵屋》の女将さんに、仙に事情を伝えて欲しいと頼んだのは、つい先ほどだ。

「水茶屋の噂の速さを舐めたらいけないよ。困ったときはお互いさまさ」

胸を張る仙は、何とも頼もしい。

「とても有難いわ。白太郎と茶太郎とマネキは、湯がいた魚の身をあげて、日に二度厠を片づけて欲しいの。けれど黒太郎はちょっとたいへんなのよ」

「わかっているさ。頭をぶつけないように、床ずれができないように、それと襁褓《むつき》の替えも心を込めてしっかりやるさ。けれどね」

仙が真面目な顔をした。

「お美津ちゃんには申し訳ないけれど、私は黒太郎を夜通し見守ってやることはできないよ。私が奮闘できるのは、危ないことがないかだけさ。夜は黒太郎をどうやって過ごさせればいいのか教えておくれ」

仙の言葉がずしりと重い。

大事な家族である獣の世話を、他人に任せるというのはそういうことだ。

改めて、己が家を空けることの重みを感じる。

仙、そして黒太郎はもちろんのこと、白太郎茶太郎マネキの皆にも、大きな負担を掛けて家を出るのだ。

私は、何が何でも凌雲さんの役に立たなくては。

「お仙ちゃんの言うとおりね。黒太郎は、夜は炊事場の布で巻いた柵の中に入れてもらえば平気よ。夜中に鳴いてしまうかもしれないけれど、ご近所さんには私から事情を伝えて、じゅうぶんにお詫びをしておくわ。それに、数日のことなら気持ちが落ち着いて眠りやすくなる薬を凌雲さんが出してくれたから、これを夕飯に混ぜて与えてちょうだい」

「合点だ。さすがお美津ちゃん！　根回しが良いね！」

仙が頷いた。

「柳沢村で、しっかりやっておいでよ！」

「う、うん。私に何ができるのかわからないんだけど……」

仙に面と向かって言われると、急に弱音が出てしまう。

「何を情けないことを言っているんだい？　凌雲さんを助けるんだろう？」

「でも、そんなことならきっと、鈴蘭先生のほうが上手くできるわ」

「鈴蘭先生は、お医者だよ」

仙がぴしゃりと言った。

美津の胸はぎくりと震える。

「……確かにそうね。鈴蘭先生に失礼だったわ」

仙が大きく首を横に振った。

「失礼とかそんな話じゃないよ。鈴蘭先生には、お美津ちゃんの代わりはできないさ。お美津ちゃんに、鈴蘭先生の代わりができないようにね。お美津ちゃんは柳沢村で、己がやるべきこと、己じゃなきゃできないことをしっかりやっておいで！」

仙が口を一文字に結んだ。

「お仙ちゃん、ありがとう」

美津は、己の胸に手を当てた。

仙の言葉が胸に響いた。

「お美津ちゃん、私、鈴蘭先生のことが好きなんだ。あの人って、すごく軽やかだろう？ この間の赤ん坊を抱いていた、自惚《うぬぼ》れ屋の母親なんかよりもずっとね」

先日、《鍵屋》の店先で人見知りをしないという可愛らしい赤ん坊を抱かせてくれた母親のことを言っているのだろう。

「お仙ちゃん、その言い方はいけません。あのお母さんは、何も間違ったことを言っていないわ。あんなに可愛い赤ちゃんがいたら、自惚れたくもなりますよ」

――女は赤ん坊を産んでこそ一人前ですからね。私はそう信じていますよ。女の幸せってのは、たった一つ、赤ん坊を産み育てることなんです。

あの母親の言葉は、このご時世、ほとんどの女が思っていることだろう。

だがしかし。

揺らぎのないあの言葉に、凌雲との仲がこれからどうなるのかわからない美津の胸はちくりと痛んだ。

私は子供に嫌われている、なんて嘯《うそぶ》いて、人の親になることがまだ受け入れられていない仙の胸も、きっと揺れ動いただろう。

「はいはい、口が滑ったよ。ごめんよう」

仙がぺろりと舌を出す。

「まったく、鈴蘭先生が好き、とだけ言えばいいのに。私だってお仙ちゃんと同じ気持ちよ」

鈴蘭の人生には、女だからという苦悩が次々に降りかかっているのだろう。

しかしあの鈴蘭ならば、それを乗り越えてくれるのではと信じたくなる何かがある。

鈴蘭の必死の姿を、〝軽やか〟なんて清々しい言葉で言い表してよいのかわからない。だが仙が言ったその言葉は、鈴蘭の美しさによく似合っているようにも思えた。

「鈴蘭先生は、この前己が追っ払われた柳沢村に、もう一度戻るっていうんだろう？お美津ちゃん、どうぞ鈴蘭先生のことをしっかり見てきておくれよ。土産話を楽しみにしているよ！」

三

案内の男の早足に置いていかれないようにと必死になりながら、美津と凌雲、そして鈴蘭が柳沢村へ辿り着いたのは空が茜《あかね》色に染まる夕暮れだった。

「凌雲先生、よくぞいらしてくださいました。お待ち申し上げておりましたぞ。な、何!?」

馬小屋の前で、凌雲の訪れを今か今かと待ち構えていた様子の老人が、鈴蘭の姿に目を剝いた。

「凌雲先生、これはいったいどういうことですかな？」

老人は、狼狽《ろうばい》した様子で訊く。

「見ての通りだ。鈴蘭先生に、ご一緒いただいた」

凌雲の淡々とした口調に、老人がはっとした顔をした。

「つ、つまり、凌雲先生に診ていただく前に、この鈴蘭という偽医者が小栗に何をしでかしたのか、本人に説明させるということですな？」

老人が鈴蘭を忌々《いまいま》しいという顔で睨む。

「その逆だ。私の処置を鈴蘭先生に判じていただき、力添えをいただく」

「へえっ？　何ですって？」

老人が素っ頓狂な声を上げた。

「話は後だ。まずは小栗を診せてくれ」

目を白黒させている老人を押し退けるようにして、凌雲が馬小屋に入った。鈴蘭も素早く後に続く。

「鈴蘭、あんたは勝手に入られちゃ困る」

「お待ちくださいな」

美津は、老人と鈴蘭の間に慌てて割って入った。

「驚かせてしまい、すみません。私たちはただ小栗を救いたいという一心なんです。どうぞほんのしばらくの間、見守っていただけないでしょうか」

美津は祈るような気持ちで、老人を宥めた。

「なんだ、あんたは？　あんたも女医者か？」

「いいえ、凌雲先生の妻です」

──凌雲先生の妻。

そう言った途端、老人の顔つきが変わった。

「へえ、あんたがお内儀さんか。遠いところわざわざ済まないね。わざわざお内儀さんを連れて来るくらいだから、凌雲先生にはよほどのことと伝わったのだろうね」

老人の機嫌が急に直っていくのが、手に取るようにわかる。

「凌雲先生の言葉が足りず失礼いたしました。鈴蘭先生との一連のことがあって、村の皆さんが警戒されるのは当たり前です。ですがすべては小栗の無事が保たれましたら、丁寧にご説明させていただきます」

美津が心を込めて丁寧に言うと、老人の表情が僅かに和らいだ。

「……小栗のためなんだな」

「はい」

「あんたが凌雲先生の代わりに、鈴蘭が妙なことをしないかきちんと見守っておくれよ。それなら構わないさ」

美津はぐっと奥歯を嚙んだ。

言いたいことはたくさんあった。しかしそれを面と向かって言い放てば、すべてが無になってしまう。

「ありがとうございます」

それだけ答えて、美津は老人に深々と頭を下げて、急いで馬小屋に入った。

馬小屋の中はむっと熱が籠っている。馬の身体が放つ熱だ。

飼い葉の中に埋まるようにして、栗毛の馬がぐったりと横たわっていた。

筋の張った太い首筋に汗が滲んでいるのがわかる。目は血走って苦しそうだ。

だが毛艶《けづや》の良さからすると、まだ三歳ほどの若い馬だ。痩せ衰えてもいない。

苦しんでいる原因さえ取り除くことができれば、病から立ち直ることができる力がありそうだ。

「高い熱が出ているな。傷口を咎めてしまったのか」

凌雲が厳しい顔をした。

「確かめてみます」

鈴蘭が腕まくりをして、着物の袖をたすき掛けで止めた。

傍らで見ていた美津があっと声を上げる間もなく、鈴蘭は横たわった馬の産道に腕を深々と突っ込んだ。

「ひどく腫れていますね。外側から膿を出しましょう。お美津さん、お湯と塩をとにかくたくさん持ってくるように頼んでください」

「わかりました。すぐに」

美津は馬小屋から出て、心配そうに見守る人たちに、湯を沸かしてくれるようにと頼んだ。

「お内儀さん、任せてくださいよ。すぐに持っていきますからね！」

美津のことを凌雲の妻、凌雲の助手と思っている皆は、親切に駆け出してくれる。

だが、これが鈴蘭の言葉だったならすぐには従わない者もいたのかもしれない。

――今は私が、凌雲さん、そして鈴蘭先生を全力で助けよう。

美津は歯がゆい思いを覚えながらも、覚悟を決めて胸の中で大きく頷いた。

馬小屋に戻ると、鈴蘭が薬箱を開けて、見たこともないような太く大きな針を幾度も拭きつつ凌雲に示していた。

鈴蘭はよほど針を大事にしているのだろう。美津が持ってきた塩水に浸した手拭いで、さらに幾度も拭く。

「この針は、職人に作らせた特別な針です。竹筒のように中が空いて管になっているので、膿で腫れたところに針を差せば、その勢いで管から膿を吸い出すことができるんです」

「身体の外から、腹の奥、膿のあるところに針を刺すのか？」

「そのほうが、産道側から切り傷を付けるよりも、ずっと小さな傷で膿を抜くことができます。手技の際は、とにかくこれ以上身体を傷つけないように、再び傷口が膿むことを防ぐのが私のやり方です」

「なるほど。針を刺すのには、熟練した技が必要か？」

「牛馬の身体の仕組みをきちんと知った上で幾度かの経験を積めば、さほど難しい手技ではありません。お見せしましょう」

鈴蘭が、小栗の腰のあたりを丹念に拭うと、太く長い針の先を確かめるように見てから、力を込めて針を刺した。

針の穴から、勢いよく膿が流れ出す。

美津は慌ててそれをたらいで受け止めた。

とんでもない量の膿だ。これほどの膿が溜まっていたら、痛く苦しかったに違いない。

「うまくいきました」

鈴蘭が当然の顔で言った。

「腰の筋に指をこうして当てて、この向きで刺します。くれぐれも躊躇《ためら》うことなく一息に刺すようにしてください」

「なるほど。腰の筋と背の筋の継ぎ目となるところだな？」

鈴蘭の説明を、凌雲が真剣な顔で訊いた。

そのうち流れ出ていた膿が止まり、小栗の荒い息遣いも少しずつ落ち着いてきた。

「膿が抜ければ、熱は下がるはずです。朝まで様子を見ましょう」

鈴蘭が小栗の身体に刺さった針を、素早く抜いた。

湯と塩で作った濃い塩水で傷口の血を拭い、針を丁寧に洗って薬箱へ納める。

「鈴蘭先生、一つ教えてくれ。私は先日、小栗の処置で何を間違えたのだろう？　傷口が膿まない方法はあったのだろうか？」

凌雲が言うと、鈴蘭の手が止まった。

「凌雲先生は、何も間違えておりません。傷口が膿むかどうかはただ運ひとつです」

鈴蘭が急に突き放したような声で言った。

「いや、そうではないはずだ。鈴蘭先生はきっと……」

「皆さま、お入りくださいな。名医、凌雲先生が小栗を治してくださいました。私の間違えを正し、導いてくださいました！」

鈴蘭が凌雲の言葉を遮るように鋭い声で言うと、

「やった！　やったぞ！」

「凌雲先生、ありがとう！」

「凌雲先生はさすがだよ！」

口々に凌雲を讃《たた》えながら、村人がどっと駆け込んできた。

四

その夜は三人とも村の人に綿入れを借りて着込み、馬小屋で寝ずの番をすることになった。

「小栗、いい子ね。具合はどう？　少しは食べられるかしら？」

美津が小栗の口元に干し草を差し出すと、小栗は少し考え深そうな顔をしてみせてから、むしゃむしゃと干し草を食べた。

ぶるりと鼻を鳴らす姿が、まるで「ありがとう」と言っているようだ。

美津が小栗の鬣《たてがみ》を撫でると、小栗が気持ちよさそうに目を細めて美津に顔を寄せた。

「よく耐えたわね。お産を終えたばかりで、傷口が咎めて、きっと苦しかったわね。けれど、もう平気よ。凌雲先生と鈴蘭先生が助けてくださったわ」

「私は何もしてない。すべては鈴蘭先生の腕だ」

凌雲が首を横に振った。

鈴蘭は聞こえていないような顔で、小栗をじっと見つめていた。

「鈴蘭先生、先ほどは、なぜあんなことを言ったのだ？」

鈴蘭は、村人たちに小栗を救ったのは凌雲だと嘘を言った。

「なぜですって？」

鈴蘭が少し棘のある声で訊き返した。

しばらく何か言おうとするような顔で凌雲を見てから、ふっと笑った。

「豪華な夕飯にありつきたかったからです。男の医者というのはいいものですね。医者が病や怪我を治すなんて当たり前のことなのに、まるで仏様のように崇められて、見たこともないようなご馳走を出してもらえるのですから」

鈴蘭の言うとおり、小栗の手技が成功したと聞いた村人たちは大喜びだった。

やはり凌雲先生は素晴らしい。

凌雲先生のお陰だ。

凌雲先生のお力は、あの生意気な偽医者の鈴蘭まで、身の程をわきまえた殊勝な女に変えてしまった。

そんなふうに褒めたたえられている凌雲の顔は、当然のことながらひどく曇っていた。

そんな顔つきさえも、凌雲先生はお疲れなんだろう、驕《おご》り高ぶらない立派なお方だ、なんてすべて良いように取ってもらえる。

「私が手技をしたと知れば、すべてがうまくいかなくなります。あの村人たちは、己の顔を立てるためならば、小栗のことを見殺しにするような奴らなんです」

美津は、鈴蘭の強い言葉にはっとした。

凌雲も何と言ってよいのかわからない顔をしている。

「……あのう」

ふいに、馬小屋の入口でか細い声が聞こえた。

五つくらいの女の子と、すやすや眠る赤ん坊をおぶった母親だ。

「何の用ですか？」

鈴蘭が厳しい声を出した。

「おらたち、小栗に会いにきたんだ」

女の子が恐る恐るという様子で言った。

「小栗はまだ養生の最中です。認められません。それにもう遅い。明るくなってから出直しなさい」

鈴蘭がきっぱりと言った。

「昼間は無理なんだ。明るいうちはずっと畑仕事をしているからさ。おらたちが小栗に会えるのは夜だけなんだ」

女の子と母親が顔を見合わせて頷く。

「それは普段の話でしょう？ 今は、小栗は養生をしているのです。それに、小栗はまだ足がしっかりしていません。万が一にでも小栗が倒れて、その身体の下敷きにでもなったらどうしますか？」

鈴蘭が苛立ったような声で応じた。

鈴蘭の言葉は間違ってはいない。しかしこんな夜遅くに、わざわざ病気の小栗に会いに来た子供に対する話し方にしては、いくら何でも厳しすぎる。

「鈴蘭先生、私が話を聞きます」

美津は鈴蘭に目配せをすると、女の子と母親に駆け寄った。

「小栗はどんどん良くなっていますよ。先ほどは、干し草も食べることができました。きっと明日には立てるようになっているはずです」

まずはそう伝えると、女の子と母親の顔がぱっと華やいだ。

「おっかさん、よかったね」

「ああ、よかった」

にこやかに頷き合う。

「小栗にこれをあげたいんだ」

女の子が小さな黄色い野の花の束を差し出した。

「お見舞いのお花ですか？　とても綺麗ですね」

美津が言うと、女の子は首を横に振った。

「これは、小栗の子の墓に咲いた花だよ。小栗の子は、この黄色い花がたくさん咲いた丘の上に埋めたんだよ、って教えてやりたいんだ」

女の子は母親を見上げて、

「小栗は、死んじまった子のことをとても気にしていたからさ」

と寂しそうに言った。

「……小栗の子のお墓の花、ですか」

美津ははっと胸を押さえた。

小栗と同じように、この村の人たちも生まれることを待ち望んでいた仔馬を失い、悲しんでいるのだ。

美津は凌雲を、そして鈴蘭を振り返った。

「鈴蘭先生にお任せする」

凌雲が言った。

「子の墓に咲いた花ですって？　そんな遠回しなことを馬が理解するとは思えません」

鈴蘭は眉間に皺を寄せてそう言ってから、

「ですがあなた方が、どうしてもそうしたいなら」

と、どこか悔しそうに言った。

「わあ！　ありがとう！」

女の子が歓声を上げる。

「ほんの短い間だけですよ。凌雲先生と私が横でしっかり見守ります」

鈴蘭は凌雲に目配せをすると、小栗の横に控えた。

「小栗や小栗。大事な小栗」

女の子がそう言って近づいた途端、小栗の尾が左右に一度大きく揺れた。

「お前の子の墓は、眺めの良い丘の上だよ。こんな綺麗な黄色い花が、一面に咲いた素敵なところさ」

女の子が小栗に花を差し出した。

小栗は艶やかな目でそれをじっと見つめ、鼻先を近づける。

「あっ！」

皆で声を上げた。

小栗は、黄色い花をむしゃむしゃと美味そうに食べてしまったのだ。

「小栗、違うよ、これは……」

女の子が可笑しくてたまらないという顔で笑った。

「小栗は、まったく食いしん坊だねえ」

母親が、小栗の首筋を愛おしそうに撫でる。

小栗は嬉しそうに首を上下にさせながら、ひょいと小さな段を上るように立ち上がった。

「わあ！　小栗が立ったよ！」

その足取りにふらつくところはない。

やれやれ、何とも酷い目に遭った、とでも言うように、ぶるりと身体を振って、嬉しそうに足を踏み鳴らす。

「小栗はもう大丈夫だな」

凌雲と鈴蘭は顔を見合わせて安堵の息を吐いた。

「鈴蘭先生、ありがとうございます！　すべて鈴蘭先生のおかげです！」

女の子と母親が、嬉し涙に暮れながら鈴蘭に駆け寄った。

「えっ？」

鈴蘭が強張った顔をした。

「小栗を治したのは私ではありません。こちらの凌雲先生ですよ」

「何を仰いますか！　あのとき、鈴蘭先生が小栗の腹に針を刺して膿を抜いてくださった様子、初めから終わりまでじっくりと聞いておりました。あそこにいた村人皆が、小栗を治してくださったのは鈴蘭先生だと知っています」

母親が鈴蘭をまっすぐに見た。

「でも、皆は……」

鈴蘭が困惑した顔をする。

「男連中ってのは、見たいものしか見ない。聞きたいことしか聞きません。己の目と耳を信じるよりも、心地良い嘘に飛び付くほうが楽なんでしょう。男なんてのは、どいつもこいつも、とんでもない大馬鹿ものですよ」

母親は豪快に笑ってみせてから、ふいに真面目な顔になった。

「鈴蘭先生のことをお救いできず、申し訳ありませんでした。村の女たちは、鈴蘭先生に小栗のことをずっとお任せしたいと言っていたのです。それを男連中が勝手に

「……」

哀し気な目で顔を伏せる。

鈴蘭はしばらくその母親の姿をじっと見つめてから、ふいに唇を引き締めた。

「私に謝る必要はありません。私はそんなことでは少しも揺らぎません」

きっぱりと言った。

「村の皆さんが謝る相手は、小栗です。この度の小栗の苦しみと、腹の子の哀しみを、どうぞ忘れずにいらしてください」

鈴蘭はそれだけ言うと、皆にぷいと背を向けた。

「……鈴蘭先生、おら、忘れないよ」

女の子が小栗の背を撫でながら、目に涙を溜めて大きく頷いた。

五

あくる日の朝早くに柳沢村を出た美津と凌雲は、まだ陽のあるうちに《毛玉堂》に戻ることができた。

「みんな、ただいま！」

美津が戻ったと気付いた白太郎と茶太郎は、庭を跳ね回って大騒ぎだ。

炊事場で黒太郎の甲高い鳴き声が聞こえて飛んで行ってみると、まだ綺麗な襁褓を当てられている。おそらく仙は、日に幾度も黒太郎の様子を見に来てくれたに違いない。

――お仙ちゃん、ほんとうにありがとうね。

胸の中で手を合わせて、獣たちの世話に掃除や炊事など、溜まっていた家の仕事に取り掛かった。

たった一日家を空けただけで、美津がやらなくてはいけないことは山積みだ。

しばらく目の回るような忙しさの中を駆け回っていると、

「お美津、少し付き合ってくれ」

庭に面した部屋から、凌雲の声が聞こえた。

「はあい。ただいま」

何か用事を頼まれるに違いないと、汗を拭きながら部屋に駆け込んだ。

ふわりと優しく香ばしい匂いを感じる。

「あら？　お茶……ですか？　いやだ、ごめんなさい！」

凌雲に一休みのお茶を淹《い》れるのを、すっかり忘れていた。

「このお茶、凌雲さんが淹れてくださったんですか？　ああ、どうしましょう」

縁側に置いた盆の上に、二つの湯呑があった。

「見よう見真似でやってみた。二人で庭の犬たちを眺めて、一休みしよう」

膝にマネキを乗せた凌雲が振り返った。

「凌雲さんにお茶を淹れていただくなんて……」

恐縮しきりの美津に、凌雲は苦笑いを浮かべた。

「男の淹れた茶なぞ、飲めぬか？」

「へっ？　いいえ、そんな、まさか！」

大きく首を横に振ってから、美津はぷっと噴き出した。

「嬉しいです。いただきます」

凌雲の横に座って、湯呑を手に取った。

一口啜《すす》る。

ぬるくて味が濃すぎる茶だ。

「初めてにしては、うまいものだろう。薬を煎《せん》じるときと手順が似ているんだ」

凌雲はすっかり得意げに、己の淹れた茶を啜る。

美津は湯呑の中を見つめた。お茶は見たこともないほど深い緑色だ。凌雲は、薬を作るときのように、お茶の葉をすりこぎで擦って粉にしてしまったに違いない。

「ええ、とても美味《おい》しいお茶です」

美津はにっこりと笑ってもう一口飲んだ。

目が眩《くら》むような苦味を感じたが、言葉に嘘はない。今まで飲んだ中でいちばん美味しいお茶だった。

「柳沢村では、力添えをありがとう。私と鈴蘭先生だけだったら、やはりこう丸くは収まらなかったはずだ」

「そんな、私なんて大したことはしていませんよ」

美津は頬を染めて俯《うつむ》いた。

それよりも凌雲さんのほうがずっとずっと……。

胸に浮かぶ言葉は言う必要がないとわかっていた。

柳沢村での凌雲の姿は、今まで美津が目にしたことのないものだった。

凌雲は鈴蘭の前で、終始、己の判じたことの結果を認め、謙虚に鈴蘭の力添えを受けた。まるで助手のように鈴蘭を支え、弟子のように教えを請うた。

鈴蘭の意向を察し、村人に恩人とまつり上げられたときの凌雲の心労は、いかばかりだったろう。

それもこれも、すべて小栗のためにと心に決めたことだ。

美津は、柳沢村に行ったことで、これまでになく凌雲のことを支えたいと思った。けもの医者という命に関わる仕事に伴う苦悩を、一緒に受け止めたいとも思った。懸命に生きようとする小栗の命を前にすれば、今の己ができることを全力でするしかない。女として格好良いか素敵かなんて、取るに足らないどうでも良いことだと気付くことができた。

「小栗の身体が治って、ほんとうに良かったですね」

美津はさまざまな想いを込めて言った。

「ああ、そうだな。それが何よりだ。あの身体ならばきっと近いうちに、壮健な仔馬を何頭も産むことができるはずだ」

凌雲が頷いた。

「そういえば、お仙に礼を言わなくてはいけないな。犬たちとマネキの世話をしてくれたのだろう？」

「そうなんです。お仙ちゃん、ずいぶん丁寧にお世話をしてくれました。日に何度も《毛玉堂》に顔を出してくれたみたいです」

「身重の身体に、手間を掛けてしまったな。腹の子は今は幾月ほどになる？」

凌雲が、まるで飼い主と話すときのような口調で訊いた。

「えっと、たしか春先には生まれるそうなので……」

美津は指折り数えた。

「ならば今頃、六月ほどか。少し身体が慣れて楽になる頃だな」

「お仙ちゃん、前みたく吐き気に苦しむことは、もうなくなるんでしょうか？」

ほんの一月前の、真っ青な顔をした仙の姿を思い出す。

「悪阻は落ち着いたようだな。だが、もう少しすると腹が重くて不便なことも増える。息が苦しくなったり、上を向いて眠れなかったりということもある」

「そうなんですね。お母さんになるって、たいへんなことなんですね」

他人事のような己の言い方に、はっとした。

「お仙は、人のことだけでなく、己のことも何から何まですべて話すのが良いところだ。お美津も、今のうちに、腹に子がいるときの苦労をたくさん聞いておくといい」

ふいに、凌雲が自身の言葉の意味に気付いたような顔をした。

二人とも俯いて黙り込む。

美津の耳元で、己の心ノ臓の拍動が激しく鳴る。

――凌雲さん、私だって、いつかは子が欲しいんです。

胸に抑え込んでいたそんな言葉が、ふいに湧き上がった。

――もちろん、すぐでなくて構いません。いつがいいかもわかりません。けれど、せっかく夫婦で一緒に暮らしているのに、この話さえも避けて通らなくてはいけないなんて寂しいと思いませんか？

美津は意を決して顔を上げた。

――凌雲さん、私たちは夫婦ですよね？　お互いを労わり助け合う仕事の仲間というだけではなく、ちゃんと惚れ合った夫婦ですよね？

「凌雲さん、あの……」

そのとき、炊事場から甲高い鳴き声が聞こえた。

「黒太郎」

二人で、顔を見合わせる。

「襦袢が濡れたな。私が行こう」

凌雲が素早く立ち上がった。

「待ってください。私も一緒に行きます」

このままでは凌雲に逃げられてしまう。そんな不穏なことを思う己に驚いた。

「いや、お美津は、その茶を飲んで待っていてくれ。私がせっかく淹れた茶だ。冷めてしまっては甲斐がない」

凌雲は軽い口調で言うと、「黒太郎、どうした？」と素早く廊下へ向かった。

ひとり残された美津の背に、マネキが身体を擦り付けて「にゃあ」と鳴いた。

六

美津はほっ被りをして握り鋏《ばさみ》を手に、生垣の手入れに出た。

色が変わってしまった葉や、虫に喰われた葉、妙なところに伸びてしまった枝や腐ってしまった芽を、手当たり次第にぱちんぱちんと切っていく。

クチナシの生垣は、みるみるうちに見栄えが整って青々とした壁のような姿になっていく。

胸に気がかりなことがあるときにこうしていると、不思議と心が休まった。

けれど今は、生垣のあらばかりが目につく。

普段ならば放っておくようなちょっとした傷までも気になって、気付くと籠は切られた葉と枝でいっぱいだ。

驚いて見返すと、こんもりと茂って良い目隠しになっていたはずの生垣は、少々切り過ぎて透けてしまっているところまである。

「やめやめ。今日はここまでにしとかなきゃ」

美津は小声で呟くと、慌てて鋏をしまった。

生垣の透けたところを見つめて、ため息をつく。

――凌雲さんは、やっぱり私のことをほんとうの女房とは思ってくれないのかしら。

《毛玉堂》の助手、《毛玉堂》のお内儀さん。

ようやく、そんな形ならば凌雲に認めてもらえるようになったと思える。

嬉しいことだ。凌雲と力を合わせて仕事をするのは幸せだった。

けれど凌雲は、美津のことを、ただ凌雲という男の女房として見ることはないのかもしれない。

一緒に働いているときの凌雲の熱意と動じない心、美津を認める優しさは身に沁みる。だからこそ、かえってたまらなく悲しくなった。

「わっ！」

急に背後から背を叩いて叫ばれて、美津は「きゃっ！」と悲鳴を上げた。

「もう、お仙ちゃん、驚かさないでよ」

「そんなに驚かないでおくれよ。私の足音、聞こえなかったかい？　このところ腹が出てきたせいか、政之助に夜中に厠へ行く足音がうるさいって文句を言われて、よく喧嘩になるんだけれどねえ」

「少しも気付かなかったわ」

「へえ、そんなことあるもんかねえ。いったい何をそんなにぼんやりしていたんだい？　生垣の隙間から、まるで岡惚れの相手を盗み見るような顔して、己の家を寂しそうに覗いてさ」

胸のあたりをぎゅっと摑まれたような気がした。

「私、そんな顔をしていたかしら？」

美津の哀し気な声色に、仙はぎょっとしたような顔をした。

「お美津ちゃん、ごめんよ。ふざけ過ぎたさ。凌雲先生と何かあったかい？　柳沢村のお馬さんの件で、何か揉め事でも起きたのかい？」

優しい声で訊く。

「いいえ、何もないわ」

美津は首を横に振った。

「柳沢村の小栗の件も、鈴蘭先生と凌雲さんのおかげで、どうにか丸く収まったわ。

小栗も立ち上がれるようになってほっとしているの」

美津は、柳沢村で起きた出来事を仙に説明した。

「大きな針を、迷うことなくぶすりと刺したって？　さすが鈴蘭先生！　格好いいねえ！」

仙が嬉しそうに言った。

「それに格好いいのは凌雲先生も同じだよ。鈴蘭先生のことを、決して女だからといって見くびったりはしないんだ。鈴蘭先生のことを、きちんと己と同じひとりの人として扱っている。そんな物わかりのいい男って、そうそういないよ。お美津ちゃんは幸せな女房さ」

仙が美津の背を叩いた。

「……そうね。私、幸せよね。幸せな女房だわ」

仙が美津の顔をじっと覗き込んだ。

「私の顔、何かついているかしら？」

まっすぐな目で見られると、泣き出しそうになってしまう。

「……やっぱり、今さっき言ったことは取り消すよ」

「お仙ちゃん？」

「凌雲先生は、どうしようもなく情けない意気地なしさ」

「ちょ、ちょっとやめてよ。いくらお仙ちゃんでも、凌雲さんのことをそんなふうに言われたら腹が立つわ」

「いくらでも言ってやるよ。私の大事な友にそんな顔をさせる男は、男の風上にも置けない奴さ。己の女房、己の家族を力いっぱい抱き締めてやることさえできない奴が、物わかり良く、おまけに腕が良い立派な医者だって？　そんなの薄気味悪いだけだよ！」

「ちょっと、お仙ちゃん、やめてちょうだい！」

美津は語気を強めた。

「私は幸せよ。今のままでいいの」

己に言い聞かせるようなその言葉が、美津の胸に何とも空しく響いた。

金八金魚

一

あれからずいぶん季節が進み、いつの間にかすっかり冬が深まっていた。

《毛玉堂》の空は灰色の雲に覆われて、冷たい雨が降り注いでいた。

「お美津、ちょっと来てくれ。すぐにだ」

炊事場から聞こえた凌雲の声に、美津ははっと身を強張らせた。慌てて、軒下で庭仕事道具の手入れをしていたところを立ち上がった。

炊事場の土間には黒太郎がいる。もしや黒太郎の身に何かがあったのでは、と息を切らせて駆け付けた。

「凌雲さん、どうしましたか？　黒太郎は……あらっ？」

目の前に広がる光景が信じられなかった。

「まあ、黒太郎、起き上がれるようになったのね」

半月ほど前から腰が立たなくなっていた黒太郎が、よろつく足取りながら、まっすぐに立っていた。

美津の姿に気付いた黒太郎が、親し気な目で尾を振る様子に、涙が込み上げそうになる。

「凌雲さん、さすがです。ありがとうございます」

黒太郎が動けなくなったのは、食が細くなり脚の筋が減ってしまったからだ。

そう判じた凌雲は、わざわざ高価な卵と山羊《やぎ》の乳を手に入れて、それを混ぜたものを黒太郎に与えていた。

すっかりものを食べる気力を失った様子だった黒太郎が、それにだけは興味を示して皿まで舐めた。

「お美津が長い間さすって、脚の筋を解《ほぐ》してくれたおかげだ」

寝たきりの脚の筋が減ってしまうのは、身体をさすって筋を解してやることで防ぐことができる。

凌雲からそう聞いた美津のほうも、暇を見つけては黒太郎の四肢を大事にさすってゆっくり曲げ伸ばしをしてやっていた。

「あっ、黒太郎。お待ちなさいな」

歩けるようになった黒太郎が、早速首を上下に動かしながらうろうろと歩き回る。

黒太郎が惚けてしまったと気付いた頃は、心配にも思える姿だった。けれど、立ち上がることさえできなくなっていた今では、どこまでも嬉しく可愛らしい光景に見えた。

凌雲と二人、顔を見合わせて笑い合った。

「お美津、ありがとう。また黒太郎のこんな姿が見られるなんて、夢のようだ」

凌雲は涙ぐみながら黒太郎の毛並みを撫でた。

「凌雲さんこそ、ありがとうございます。私も黒太郎が健やかで、心から幸せです」

美津が手を伸ばすと、黒太郎がその手にさりげなく頬を寄せた。

――心から幸せです。

美津の胸に、己の言葉が響く。

そうだ。私は幸せだ。こうして大好きな凌雲さんと一緒に暮らし、微笑み合い、可愛い動物たちに囲まれている。

これ以上多くを望んでは罰が当たる。

「おーい。お美津ちゃーん」

庭先から仙の声が聞こえた。

「あら、お仙ちゃんが来たみたいです。お仙ちゃんが雨の日に来るなんて珍しいですね」

雨の日は髪も化粧も、どうも決まらない。おまけに上等な着物の裾に泥がつく、というので、これまで雨の日に仙が出歩くことはほとんどなかった。

美津が立ち上がりかけると、凌雲が、

「今日の天気なら、《毛玉堂》は暇に違いない。お美津も少しゆっくりするといい。お仙は大事な身体なのだから、火鉢《ひばち》に当たって温かくしてもらってくれ」

と言った。

「はいっ、ありがとうございます」

凌雲に己の大事な友を気遣ってもらえるのが嬉しかった。

確かにこんな雨の日は、動物の毛並みが濡れてたいへんなことになるので、《毛玉堂》に訪れる患者さんは少ない。

「お仙ちゃん、いらっしゃい。雨で身体が冷えていない？　凌雲さんが、火鉢に当たって温かくしなさいって」

迎えに出ると、とんでもなく着膨れした仙が、赤い蛇の目傘《じゃめがさ》を差して握り飯をむしゃむしゃ食べていた。

「あら、お食事中だったの？」

いくら勝手知ったる幼馴染のところだとしても、立ち喰いはさすがに行儀が悪い。常に己の美しさを意識して、江戸っ子らしく洒落《しゃれ》に、粋に、と心がけている仙らしくもない。

美津は目を白黒させた。

「腹が減ってたまらないんだよ。朝から晩まで、二六時中、悲鳴を上げそうなくらい腹が減るんだ。家にじっとしていると、綺羅綺羅ともぐらの餌を奪ってむしゃむしゃ食べちまうからね。これ以上、可愛い猫たちに嫌われたくないから、この雨の中、表に出てきたのさ」

仙の頬は丸く、顎のあたりに豊かな肉がついていた。

よくよく見ると、着膨れだと思ったのは見間違いで、身体そのものが一回り大きくなっていた。

しばらく顔を見せない間、おそらくひたすら食べ続けていたのだろう。

「きっとお腹の子の分も食べているのね」

さあさあ、上がって、と手招きしかけてから、ふと気付いて破れた傘を手に庭に下りる。

「お仙ちゃん、足元に気を付けてね」

仙の手を取って縁側に向かう段差を上がった。

腹を突き出すように重そうに歩く仙の足取りは、紛れもなく腹に子のいる母の姿だ。

美津は、胸が熱くなるのを覚えた。

幼馴染が母になることが、嬉しくてたまらない。

「ああ、ありがとうよ。もう嫌になっちまうよ。身体が重くて怠くてね。息をするだけで苦しくてたまらないさ。いったいなんだって、こんな苦しい思いをしなくちゃいけないんだろうねえ」

仙の苛立った口調に気付き、美津は緩みかけていた頬を慌てて引き締める。

今日は存分に仙の愚痴《ぐち》を聞いてやる一日になりそうだ。

「身体が重いのは、子が生まれるまでの辛抱よ。生まれたら嘘のように身体が軽くなるわ」

そんな当たり前のことを、もっともらしい顔で言って聞かせた。

「よっこいしょ、っと。なんだかこの家はうんと暑いねえ。マネキもそう思わないかい？」

マネキの横の座布団に座った仙が、手で扇ぐ真似をした。ほんとうに額に汗が滲んでいる。

「火鉢、向こうにやっておくわね」

美津は素早く動いた。

マネキが迷惑そうに、遠くにどかされた火鉢の近くに移動した。

「済まないねえ。水も貰えるかい？　歩いてきたら喉が渇いちまってねえ」

「もちろんよ。すぐに汲んでくるわね」

今日の仙の姿を見て、ほんとうに近々仙の子が生まれるのだとしみじみ感じた。

友としてできることは何でもしてやりたい。これからしばらくは仙のこんな我儘は、いくらでも叶えてやるつもりだった。

庭に下りて、軒下に置いた水瓶の蓋を外す。

毎朝、その日に汲んできた綺麗な井戸水を注いでいる大きな水瓶だ。

毎晩丹念に掃除をしているので、水は澄んでいた。暗い雨空のせいか、水の中は真っ黒で己の顔がいつもよりくっきり映っていた。

「お仙ちゃん、お待たせ」

「ああ、ありがとうよ。お美津さまさまだ」

湯吞の水を仙に手渡したそのとき。

「凌雲先生、お頼み申します」

雨音に混じって、どこかで聞き覚えのある女の声が聞こえた。

二

「はい、ただいま。今日はどうされましたか？　あら、あなたはもしや……」

美津が迎えに出ると、傘を手に、おんぶ紐で赤ん坊をおぶった若い母親が立っていた。その手には、なぜか大きな薬缶《やかん》が握られている。

「赤ちゃん連れで、濡れてはたいへんです。まずはお部屋に上がってくださいな」

「ありがとうございます。先日、《鍵屋》の店先でお会いしましたね。この子と遊んでいただきました。私は弓《ゆみ》と申します。こちらは金八《きんぱち》です。あら、おねえさん、ずいぶんお腹が大きくなりましたね。もうじきですよ。楽しみですねえ」

決して人見知りをしないという赤ん坊を、抱かせてくれたあの母親だ。

弓は美津に、そして仙に親し気な笑みを見せた。

「赤ん坊さん、金八って名だったのかい？　確か女の子だったよね。お弓さん、あんた大人しそうななりをして、なかなかずいぶん粋な名を付けたねえ」

仙が仰天して言った。

「粋ですって？　そんなこと久しぶりに言われましたよ！」

弓が目を丸くして訊き返した。

すぐに、ぷっと噴き出す。

「嫌だ、ややこしい言い方をしてしまいましたね。私がおぶったこの子の名は、お玉《たま》です。金八はこの子です」

弓が薬缶を見せた。

「……薬缶の名、ってことかい？」

「金八は金魚ですよ」

弓が仙の冗談を軽くあしらって、薬缶の蓋を開けた。

「うちの金八が、気鬱《きうつ》の病に侵されちまったんです」

美津が薬缶の中を覗き込むと、薄暗い水の中を、一匹の金魚がゆっくりと水の中を漂っていた。

「気鬱の病だって？　確かに、生気がない……？　ように見えなくもないねえ」

仙が首を捻りながら言った。

「ここまで薬缶を手に提げて、歩いて来たのだろう。ならば魚が水の揺れに警戒して身を潜めているのは、少しもおかしいことではない」

美津が振り返ると、いつの間にか部屋にやってきた凌雲が頷いた。

「一見したところでは、目立つ病を患《わずら》っているようには見えないが。どうして、金八を気鬱と思った？」

凌雲が暗い薬缶の中を覗き込む。

「金八をもっと明るいところへ出せばわかります。たらいをお借りできますか？」

「はい、こちらをお使いくださいな」

美津が差し出したたらいに、弓は金八を薬缶の中身の水ごと放した。

「あっ」

「金八は、黒くなりかけていますでしょう？」

弓が悲痛な声を出した。

暗い薬缶の中では、金八は紛れもなく紅く輝く金魚に見えた。しかし、たらいに出してみると、金八は金魚と呼ぶにはあまりにも色が薄い。金魚の絵の上から、墨汁《ぼくじゅう》を塗ったかのように黒ずんでしまっている。

「金八はうちの店先の水瓶で、黒い出目金《でめきん》の中を一匹だけ泳ぐ、色鮮やかな美しい琉《りゅう》金《きん》でした」

「お店をやっていらっしゃるんですね」

美津は訊いた。

「ええ、亭主と二人、小さな古着屋をやっています。柳原土手から少し外れた呑み屋街で、主に洒落好みの男客を相手にする店です。真っ黒な金魚たちの中に一匹だけ輝く金八の姿は、うちの店の看板代わりに親しまれていました」

このご時世、金魚は、水瓶の上から覗き込んで楽しむものだ。

暗い水瓶の中、それも黒い出目金ばかりの中で、たった一匹の紅い琉金が泳ぎ回る光景は、確かに一筋の光のように美しく、粋な客に喜ばれるに違いない。

「それがこのところ、どんどんこんなふうに、金八が黒ずんでいくんです」

「金八を飼って何年になる？」

「もう三年になります。金八がこの半分くらいの大きさの頃から、大事に育てて参りました」

「これまでは、色が黒くなってしまうようなことはなかったんだな？」

「ええ、初めてです」

弓が真面目な顔で答える。

「最近、餌を変えたか？　それとも、水瓶の置き場所を変えたか？」

「どちらも変えていません」

「仲間の金魚が死んだり、新しい金魚を増やしたりしたか？」

「この一年以上、そんなことは起きてません」

弓から話を聞いた凌雲は、「うーん」と渋い顔をした。

「黒い金魚たちの中にたった一匹の紅い琉金、という光景は、うちの店の看板です。これ以上金八の色が褪《あ》せちまったら、商売にも障りが出ますよ」

弓が涙ぐんだ目で言った。

「金八は、私が三年前に祭りの出店で掬《すく》ってきてから、心を込めて大事に育てた子です。凌雲先生、どうか金八を、元の色鮮やかな紅い金魚に戻してください」

弓が深々と頭を下げた拍子に、背負われた玉という名の赤ん坊が目を覚ました。しばらく不思議そうに周囲を見回してから、「ふええ」と泣き声を上げる。

「まあ、うるさくしてすみません。この子は普段はずっとにこにこしていて、ほとんど泣かない子なんですよ。ほらほら、お玉、泣き止んでおくれ」

弓がはっとした顔をして、玉をあやし始めた。

玉はいよいよ火が付いたように泣き出す。

美津の傍らで、仙が肩を竦めたのがわかった。

確か、この間会ったときも、弓は玉のことを決して人見知りをしない子だと言っていたはずだが。

どうやらあれもこれも、親の欲目のようだ。

美津にはただ微笑ましく思えるが、弓はずいぶん焦った様子だ。眉間に深い皺が寄る。

「お玉、泣き止んでおくれよう」

弓がまるで我が子と一緒に泣き出しそうに顔を歪めた。

「お弓、今からお前の家に案内してくれるか？　金八もお玉も、そのほうが落ち着くだろう。それに私も、普段の金八の暮らしを見せてもらいたいんだ」

凌雲が言うと、弓は「そうしていただけると助かります」とほっとしたような顔をした。

三

弓と亭主が営む古着屋は、呑み屋が立ち並ぶ一角の裏通りにあった。

日当たりが悪そうで、入口がどこだかわかりづらい。一見するとこんなところに洒落た店があるようには見えない。

「ここですよ。まるで悪人が潜む隠れ家みたいでしょう。男客ってのはこういうのが好きなんですよ」

弓が指さした古びた家の入口には、周囲の様子には少々不釣り合いなほどに立派な水瓶が置かれていた。中には黒い出目金が数匹泳いでいる。この水瓶が、店を訪れる客への目印代わりなのだろう。

「まずは金八を水瓶に返してやってくれ。普段の調子を取り戻すまでには、少し間がかかるだろう」

「はい、そうさせていただきます。さあ、金八。おかえり。お家に戻ったよ」

弓が薬缶の中の金八を水瓶の中に放した。

金八のぼやけた紅色が、慌てたように水瓶の奥底に消えた。

「中でお茶をお出しします。狭いところですが、皆さんお上がりくださいな。そうそう、お仙さんにあげようと思っていた安産のお守り、すぐに持ってきますよ」

「それでは、お邪魔します」

美津と凌雲、そして仙は、薄暗い店の中に入った。

香を焚き染めた匂いが漂う。

「きゃっ！」

ようやく暗がりに目が慣れたそのとき、美津は思わず声を上げた。

店のいちばん目立つところに飾ってあった羽織《はおり》の裏地が、人の骨、しゃれこうべを描いたものなのだ。隣に飾った着物もまた、違った筆で描いたしゃれこうべ柄だ。おどろおどろしい妖怪や幽霊を描いたものまである。

「驚かせてすみませんね。うちの屋号は《髑髏屋《どくろや》》っていうんですよ。普段はうちの人が品物に少しも負けない派手な格好でここに座って店番をするんですが、今日は買い付けで出掛けておりましてね。店の奥はまともに人が暮らせるようになっていますから、ご安心ください」

「《髑髏屋》さんですか……」

美津は恐る恐る店の中を見回す。

確かに髑髏や妖怪、幽霊といった、まともな大人なら眉を顰めるような柄のものをわざと羽織の裏地に使うのは、江戸っ子の洒落者たちが好むことだ。

美津からするとそんな縁起の悪いものを身に着けるなんて、いったいどういうつもりなんだろうと不思議にさえ思うが、洒落者たちはその周囲の困惑も含めて楽しんでいるのだろう。

けれど、赤ん坊をおぶって地味に装ったいかにも良い母親らしく見える弓と、この店の様子とはずいぶんちぐはぐだ。

「こりゃ、粋なお店だねえ」

仙も少々気が引けた様子だ。

「ええ、お江戸でいちばん粋なお店です。私は元は、ここの客だったんですよ。姐さん分が着ていた、男物を仕立て直した蜘蛛《くも》柄の小袖が格好良くてねえ。どこで買ったんだと教えてもらって、この《髑髏屋》へ通いつめ……」

言いかけて、弓ははっと口を噤んだ。

「昔の話です」

何とも決まり悪そうに目を逸らす。

〝姐さん分〟なんてさらりと口に出すところからすると、弓は、一時期は相当な跳ねっ返り娘だったのかもしれない。

地味で一切化粧もしない、今の姿からは想像もできないが。

人は誰でも過去がある。美津は聞こえなかったふりをして、さりげなく話を逸らした。

「お玉ちゃん、目を覚ましたみたいですね。おはようございます。お玉ちゃんのおうちにお邪魔していますよ」

美津は、弓の背でむずかる玉の頭をちょいと撫でる。

弓の顔がほっと和らいだ。

店の中に張り巡らされた黒い布の奥に進むと、弓と家族の暮らす部屋がある。九尺《くしやく》二間《にけん》の、よくある裏長屋の部屋と同じくらいの広さだ。

こちらは店内とは打って変わって、赤ん坊のおもちゃや襁褓《むつき》、着替えや片付けられていない食器などが所狭しと並ぶ、人が暮らしている気配の色濃く漂う部屋だ。

弓は慌てて部屋の中を片付け始める。

「もしよかったら、お玉ちゃんを抱っこさせていただけますか？」

美津は声を掛けた。

「よろしいんですか？　今から湯を沸かしますので助かります」

「もちろんです。ね、お仙ちゃん？」

「え？　あ、ああ。いいよ。ええっと、いいよ、じゃなくて、もちろんですよ」

美津は抱っこ紐から玉を受け取ると、しっかりと胸に抱いた。

玉は艶やかな黒い目をぱちくりさせて、美津を、仙を、そして凌雲の顔を順にじっと見上げる。

「お玉ちゃん、ほんとうに可愛い子ですね。こんなに可愛い子は見たことがありません」

美津は、炊事場に立つ弓に聞こえるように大きめの声で言った。

玉はまるで褒められたとわかったかのように、にっこり笑った。

「まあいけない、茶葉を切らしていました。お隣さんに借りてきますね。お玉をお願いいたします」

弓が、前掛けで濡れた手を拭きながら飛び出した。

玉が、ほんの刹那だけ母親の姿を探すような顔をした。

「ほら、狐だぞ」

凌雲が慌てて、手遊びの狐の顔を作ってみせた。

玉が不思議そうな顔をする。

狐の鼻先を、ちょん、と玉の鼻先に当てると、玉はきゃっきゃと声を上げて笑った。

「人の子は、こうして笑ってくれるのが、獣とは違うところだな。笑顔は良いな。こちらまで釣られてしまう」

凌雲が頬を綻ばせた。

「凌雲先生も、赤ん坊が欲しくなりましたか？」

仙の言葉に、美津はひいっと声を上げそうになった。

――お仙ちゃん、いったいなんてことを……。

目を剝いて仙を見たが、仙は素知らぬ顔だ。

凌雲がしばらく考えるような顔をした。

「赤ん坊は、天からの授かり物だ。欲しいも欲しくないも、人が決められることではない」

凌雲のそつない返答に、美津はほっと息を吐いた。

「それってつまり、その話はやめとくれ、って意味ですか？」

仙がつっかかった。

――ちょっと、お仙ちゃん、止めてちょうだい。

美津が必死で首を横に振ったが、仙はわざとこちらを見ない。

「男ってのは、いいですよね。赤ん坊が生まれるってのは、たいへんなことなんですよ。女は心から赤ん坊を産んでやりたい、健やかに育ててやりたい、って願って、命を懸けてそれに挑むんです。それを〝天からの授かり物〟なんてふんわりのんびりしたことを言われると、ああつまりこの人は、少しも人の親になる覚悟なんて決まっちやいないんだ、と腹が立ちますよ」

「お仙、私が何か気に障ることを言ったか？」

凌雲は目を白黒させている。

「いいえ、凌雲先生のせいじゃございませんよ。このところ私は、男って奴らみんなに腹が立っているもんでしてね。凌雲先生に鬱憤《うつぷん》をぶつけちまって申し訳ありません。腹に子がいる女のみっともない癇癪《かんしゃく》、ってことでお許しくださいな」

仙が仏頂面で顔を背けた。

「母親の心身の負担について、軽く見ているように伝わったなら悪かった。お仙が日々、苦しい思いをしながらも、我が子のために耐えていることを忘れていた」

凌雲が素直に謝った。

「凌雲先生は、まったく素敵なご亭主ですよ。うちの政之助も、少しでもそんなお優しい言葉をかけてくれたらいいんですけれどねえ……」

美津の寂しい気持ちを知っている仙が、本心からそう言っていないのはわかる。

「お仙ちゃん、政之助さんだってとてもいい人よ。お仙ちゃんのことをきちんとわかってくれているわ。身重の奥さまを、こんなに好きに出歩かせてくれる旦那さんなんてそうそういないわよ」

美津は、ひやひやしながら口を挟んだ。

そのとき、弓が盆を手に、湯気の立つ湯吞を持って現れた。

「さあ、皆さん、お茶をお淹れしましたよ。考えてみたらうちの薬缶はつい先ほどまで金八が泳いでいましたからね。念入りに洗わなくちゃいけなかったので、お隣さんに一式使わせてもらいましたよ」

「あ、ありがとうございます」

礼を言った美津の強張った顔に、弓は怪訝そうな顔をした。

「お玉、泣いてしまいましたか？　少しも気付きませんでした」

「いいえ、お玉ちゃんはずっとにこにこ笑う良い子ですよ。私たちは、金八のことが心配なだけです。そうですよね？」

美津は、仙と凌雲を見た。

二人ともどこか硬い顔をして頷いた。

「そうでしたか。それは有難いお話です。さあ、お玉、おっかさんのところにおいで」

弓は美津から玉を受け取った。胸にひしと抱いて、愛おしくてたまらない顔で玉に頰を寄せる。

「凌雲先生、お内儀さん。お二人は、赤ん坊はまだですか？」

場が凍りついた。

これまで《毛玉堂》を訪れる飼い主に幾度も訊かれた話だ。

仕事の場での軽口にいちいち目くじらを立てていたら、身が持たない。少しも深い意味はないとわかっているので、いつも美津は心にも留めずに受け流していた。

だが、今このときは、この上なく間が悪い。

「赤ん坊ってのは良いもんですよ。女は赤ん坊を産んでこそ一人前です」

皆が決まり悪い顔で俯いていることに、弓は気付いていない。

「女の幸せってのはたった一つ、赤ん坊を産み育てることなんです」

弓は力強い声でそう言って、玉をぎゅっと抱き締めた。

四

それからきっちり四半刻《しはんとき》。

弓は玉を大事に抱きながら、これから母になる仙のためにと、やりすぎなほどあれこれ世話を焼いた。

「この安産守りはよく効きますよ。ほんとうは無事に子を産み終えたら、こうして新たにおっかさんになる人に託すもんなんです」

「これはこれは、そんな大事なものをありがとうございますね。確かに、ずいぶん古びて……いえいえ、いかにも霊験あらたかな風格の漂う立派なお守りですねえ」

仙が愛想笑いで応じる。

「それじゃあ、次は赤ん坊の襁褓の替え方を教えてあげますよ」

「襁褓の替え方、ですか？　いやあ、それはちょっと、お玉さんも私に替えてもらうのは恥ずかしいんじゃありませんかねえ」

「何を言っていますか。生まれたそのときからできなくちゃいけないことです。赤ん坊の襁褓をうまく替えられない母親なんて、みっともないったらありゃしませんよ」

弓は時おり、ひやりとするような強いことを言う。

あの仙が、すっかり気圧されてしまっている様子だ。

美津が、そろそろ助け船を出したほうがいいだろうかと案じていたところで。

「よし、そろそろ金八の様子を見に行こう」

話が佳境に入ったところで、いきなりそう言い放った凌雲に、美津は冗談ではなく救われたような心持ちがした。

皆で揃って暗い店を通り、店先の水瓶の前へやってきた。

凌雲が水瓶を覗き込んだ。

「お弓、一緒に覗いてくれ」

弓が水瓶を覗き込むと、一匹、また一匹と黒い出目金たちが水面に近づいてくる。

「私が、餌をくれると知っているんです。はいはい、わかったよ」

弓が麩《ふ》を小さくちぎって水瓶の中に落とす。

黒い出目金たちが、我先にと餌に群がった。

「魚たちには、お弓さんの姿がわかるんですね」

美津は感心して言った。

先ほど凌雲がひとりで水瓶を覗き込んだときには、こんなふうに皆が集まってくることはなかった。

「魚には水の上の人の姿もずいぶん見えているみたいですよ。試しにお美津さん、私の代わりにここへ立ってみてくださいな」

「はい、こうですか？」

弓が脇にどいて美津が水瓶の前に立つと、黒い出目金たちは敵だと思ったのか、慌てた様子で水の底に逃げていく。

「まあ、お弓さんと、私の顔の違いがわかるなんてすごいですね」

「彼らが判じているのは、顔のつくり、というよりは、着物の色かもしれないな」

凌雲が、美津の淡い臙脂《えんじ》色の梅柄小紋《こもん》を見て言った。

「確かに、私は昔から黒っぽい着物が好きなんです。着物の趣味だけは子を産んでも変わりません。お美津さんのような柔らかい色の着物は一度も着たことがありませんん」

弓が頷いた。

「お弓、金八の姿は見えるか？」

「そういえば、金八は……」

弓が水瓶の中に目を凝らす。

「あっ、いました。あの奥のほうの水草の下です」

言われてみれば確かに、水草の影に微かに紅色の影が見えた。

「まだ餌を食べに水面に出てくる気力は、なさそうだな……」

凌雲が両腕を前で組んだ。

「金八さん、どこにいます？　私のところからじゃ少しも見えませんよ」

仙が美津の背中越しに水瓶を覗き込もうとした。

「お仙ちゃん、気をつけて。私と場を代わったらよく見えるわよ。ほら、あの水草の……」

「どれどれ？」

「足元に気を付けてね」

まさかつんのめって、水瓶にざぶんと頭から突っ込むことにはならないだろうが、念には念を入れなくては。

美津は仙の身体を支えながら場を代わった。

「あっ！」

水草の下の紅色の影が揺れた。

金八がすっと水面に上がってきたのだ。

「金八さん、挨拶に来てくれたのかい？」

金八は水面にほど近いところで、尾を振り、背びれを動かしながら踊るようにすいすいと泳ぐ。

ふいにじっとこちらを見上げ動きを止めては、からかうように勢いよく泳ぐ。先ほどと比べて、明らかに気力が漲って嬉しそうな様子だ。

「まあ、こんなこと……。さっき私が餌をやっても、水面に顔を出さなかったのに」

弓が目の前に広がる光景が信じられないという顔をした。

「お弓さん、金八さんにさっきのお麩をあげてみてもいいかい？」

仙は嬉しそうに言った。

「ええ、もちろんです」

金八は仙が水面に落とした麩のかけらを、次々口に入れて、もっとくれというように口をぱくぱくしてみせる。

「金魚には、別嬪さんがわかるのかもしれませんね」

弓はどこか納得がいかない顔をしながらも、そう言った。

五

「魚に好かれる、ってのは嬉しいもんだねえ。こっちは陸《おか》で、あっちは水の中だ。はなから決して通じ合えないってわかっているからこそ、ほんのちょっと通じるだけで飛び上がるほど嬉しくなるよ」

帰り道の仙は、鼻歌を歌い出すほど上機嫌だ。

「金八にもお仙ちゃんの美しさが通じたのね」

「ああ、それって、さっきあのお弓さんも言ってくれたね。なんだか悪かったよ」

仙が肩を竦めた。

「悪かった、ってどういう意味？」

「普通の女は、私を前にすると、もっと夢見心地のうっとりした顔をするはずだから
ねえ。私の美しさを褒めるときにあんな顔をするってのは、お弓さんはかつてよほど
手前の器量に自信があった洒落者だったはずだよ。きっと私に妬《や》いているのさ」

「まあ、お仙ちゃんはさすがの自信ね」

お仙の相変わらずの調子に、美津と凌雲は苦笑いして顔を見合わせた。

谷中感応寺の境内に入ったあたりで、ふいに犬の吠え声が聞こえた。

必死で何かを知らせようとするような、緊迫した鳴き声だ。

怪訝な心持ちで耳を澄ませて、美津ははっとした。

「凌雲さん、この鳴き声、白太郎と茶太郎ではないでしょうか？」

「そのようだな」

凌雲が険しい顔で頷いた。

白太郎と茶太郎は客人には慣れている。誰かが訪れたくらいでこんな不穏な調子で
揃って鳴くことはそうそうない。

「何が起きたんでしょう。早く戻らなくちゃ」

美津が走り出しかけたそのとき。

「嘘だろう⁉　お美津ちゃん、たいへんだよ！」

仙が指さすほうを見ると、通りの向こうに黒太郎の姿があった。

覚束ない足取りながら、脇目も振らずに必死に歩いている。

――黒太郎！

血の気が引いた。

黒太郎がまさか表に出てしまうなんて。

《毛玉堂》の庭の生垣にはいくらでも通り抜けられる隙間がある。その隙間から表に逃げようと思えば簡単だ。

しかし《毛玉堂》の犬たちは、今まで美津か凌雲が一緒でなくては決して表に出ようとしたことはなかったので、すっかり油断していたのだ。

惚けが進んでしまった黒太郎は、いろんなところに身体をぶつけながら無闇矢鱈《むやみやたら》に歩き回るうちに、間違えて生垣の隙間から出てしまったのかもしれない。

黒太郎が足を止めた。美津の姿を探そうとしているのか、あらぬ方をぼんやりと見回す。

すぐに黒太郎に駆け寄ろうとして、向こうから大八車《だいはちぐるま》を曳いた男たちが近づいてくるのがわかった。

荷を降ろした帰りだろう。大八車はさほど重そうではなかったが、男たちは賑やかに話していて、こちらのことは少しも見えていない。

美津と凌雲は、素早く目くばせを交わした。

あの大八車が通り過ぎるまでは、黒太郎に声を掛けない方が良さそうだ。

すぐに仙にもそう伝えようとしたそのとき、

「おうい、黒太郎さん、聞こえているかい？　危ないよ！　大八車が通り過ぎるまで、そこでちゃんと待っておいでよ！」

仙が大声を出した。

黒太郎の目がはっと輝いた。

美津と凌雲の姿に気付いてしまったのだ。

「駄目だよ。違う、違う。そこに待っておいで、ってそう言ったんだよ！」

仙が事態に気付いたように、不安げな声を出した。

「黒太郎さん、違うってば！」

大八車がこちらに近づいてくる。

「危ないよ！　ちょっと……」

地響きが鳴る。

黒太郎は道の真ん中できょとんとしている。

「もう、何やってるんだよ！　駄目だってば！」

仙がいてもたってもいられない様子で、飛び出そうとした。

「お仙ちゃん、駄目よ。動かないで！」

――ああ、今からではもう間に合わない。

胸の中で悲痛な声を上げながら、美津は仙を必死で押し留めた。

「きゃん！」

黒太郎の鋭い悲鳴が響き渡ったのは、それと同時だった。

六

「黒太郎！　黒太郎！　しっかりして！」

美津は抱き上げた黒太郎の耳元で声を掛けながら、《毛玉堂》に駆け込んだ。

大八車に高く撥《は》ね飛ばされた黒太郎は、身体のあちこちから血を流しながら、混乱して藻掻《もが》き苦しんでいた。

まだ、目にも光があり、力が抜けてぐったりしてしまっているわけではない。それだけが僅かな救いだ。

「ああ、黒太郎。どうしよう。ごめんよ、ごめんよ、私のせいですよ。私が通りの向こうから声を掛けたりなんてしなければ……」

横で仙が、涙ぐんで震えている。

「お仙、落ち着け。泣くのはまだ早い。身重の身体に手間をかけて悪いが、鈴蘭先生を呼んできてもらえるか？」

凌雲が、大きな手技に使う小刀や針と糸、鑿《のみ》や鋸《のこぎり》を並べながら、どこまでも冷静な口調で言った。

「もちろんです！　お任せください！」

「くれぐれも走らず、足元に気を付けて行ってくれ。この程度の怪我なら、少しも一刻を争うような事態ではない。私の手技が正しくできたか、鈴蘭先生の意見を訊いてみたいだけだ」

凌雲が穏やかに言うと、仙はようやく平静を取り戻したようにこくりと頷いた。

「それじゃあ、行って参りますよ」

「お仙ちゃん、ありがとうね。助かるわ。凌雲さんも言ったとおり、ゆっくりでいいのよ」

仙の姿が消えてから、凌雲と美津は改めて青ざめた顔を見合わせた。

「凌雲さん、黒太郎は……」

「わからない」

黒太郎の容態を尋ねた美津に、凌雲は非情な言葉で応じた。

「すぐに傷の検分をしよう」

「はいっ」

美津が横から血を拭い、凌雲が黒太郎の身体を慎重に確かめる。

「よし」

凌雲が小さな声で言った。その声には微かに前向きなものが潜む。

「幸い、臓器は少しも傷ついていない。この血はすべて、四肢の傷口からのものだ」

それを聞いて、美津はほっと息を吐いた。けれど、そのわりには血の量が多いのが気になる。

「後ろの右脚は残せない。根元から切らなくてはいけない」

ぎょっとするような言葉に、美津の胸が縮む。

凌雲が黒太郎の力なくだらりと垂れ下がった足に、真剣な目を向けた。

「一刻も早く手技を行い、血を止めよう」

「わかりました。すぐに始めましょう」

美津は《毛玉堂》の畳の上に、分厚い麻布を広げた。たらいに血を洗うための水を張る。

凌雲が小刀を手に取った。

己の手元をじっと見てから、ふいに小刀を元あったところへ戻す。

「お美津、手技の前に、一つ教えて欲しいことがある」

「はいっ、いったい何でしょう？」

美津は困惑して訊いた。

──凌雲さんが、私に教えて欲しいこと？　今は、一刻を争う事態なのに……。

「鈴蘭先生の手技の傷は、どうして膿まないのだろう？」

美津は、はっとして黙り込んだ。

凌雲の腕ならば、きっと黒太郎の手技は成功する。

けれど、問題はその後だ。

大きな手技の後の傷口は、かなりの割合で酷く膿む。大きく腫れて膿が溜まり、さらに高熱に襲われる。その苦しみから立ち直れるかどうかまで含めての、手技の成功だ。

このところ立ち上がることさえ覚束なくなっていた老犬の黒太郎の体力では、それを潜り抜けるのは難しいと言わざるを得なかった。

「それは鈴蘭先生でなくてはわかりません」

柳沢村で同じことを凌雲に訊かれて、鈴蘭がはぐらかした光景を思い出す。

傷口が膿まない手技の方法。もしそれがあるとすれば、鈴蘭にとって、軽々しく教えるわけにはいかない秘すべき技に違いない。

「鈴蘭先生は立派な医者だ。知識があり、腕があり、おまけに度胸もある。そしておそらく、私にはないものを持っている」

「凌雲さんにないもの……ですか？」

わけがわからず訊き返す。

「男には身体の力がある。夜通し起きて患者を見守ることができ、力の要る手技を行うことができる。ならば女は、男にはない力を持っているはずなんだ。鈴蘭先生はおそらく女にしかないその力をもって、あれほどの名医になられたはずだ」

「つまり同じ女である私が鈴蘭先生の気持ちになって、手技が膿まずに成功した理由を考えてみるということですね？」

「そうだ。鈴蘭は柳沢村で小栗の腹の膿を抜くとき、特別な薬を使ったわけではない。けれど何か大事な手順があったはずだ。お美津の目ならば、それが何か思いつくのではないか？」

「………」

美津は眉間に皺を寄せ、思いを巡らせた。

黒太郎が苦し気な息を吐いていた。

鈴蘭が小栗に手技を行っていた光景は、もちろん覚えている。しかし美津は、鈴蘭の一挙一動を見逃さずに目を凝らしていたというわけではない。

――どうしよう。

凌雲の力になりたかった。私にはわからない、とは答えたくない。

――鈴蘭先生は、いったいどうやって……。

同じ女として、《毛玉堂》で働いている者として、鈴蘭に少しでも近づきたかった。

黒太郎が「くーん」と苦し気な声を出す。

はっとして黒太郎に目を向けた。

泥で汚れた毛並みが、さらにおびただしい量の血で濡れた、何とも悲惨な姿だ。

「黒太郎、ちょっと待って。ほんのちょっとだけ」

こうして頭を巡らせている間に、せめて黒太郎を綺麗にしてやろう。このままではあまりにもかわいそうだ。

美津は手拭いを水に浸した。

濡れた手拭いで黒太郎の身体を拭いてやる。

手拭いは血と泥とで、あっと言う間に赤黒く染まった。手拭いを浸すたらいの水も真っ黒だ。

「黒太郎、ごめんね。こんなに汚れていたのね」

いくら一刻を争うとはいえ、こんなに汚れていたまま手技を行ってはかわいそうだった。

ふいに、あれっと思った。

「凌雲さん、もしかしたらですが、間違っているかもしれませんが……」

「構わない。ぜひ教えてくれ」

凌雲が身を乗り出した。

「鈴蘭先生の手技の傷口が膿まない理由は、清潔を心がけているからではないでしょうか」

患者の命が掛かった大きな手技というのは、今のように急ぎで行うことが多い。身体を拭ってやったり、汚れを落としてやったりといった身だしなみになぞ、構っていられない緊迫した場面のはずだ。

しかし鈴蘭は小栗に太い針を刺す前と後、小栗の身体と針を念入りに拭っていた。

「清潔か……」

「もしかすると汚れが、傷口が膿む理由なのではないでしょうか。傷口の汚れ、身体の汚れを丹念に洗い、小刀などの手技の道具、そして私たちの手も綺麗な水でしっかり洗って清潔にする。手技の前に、それを試してみませんか？」

美津は凌雲をまっすぐに見つめて言った。

たとえ獣であっても、急ぎで怪我の手当てが必要なときでも、決してその身を汚いままにしてはいけない。清潔を心がけて、身を整えて過ごさせてやるべきだ。

これがきっと、鈴蘭が女の目を持って気付いたことに違いない。

「わかった、お美津の言う通りにしよう」

凌雲が間髪を容れずに応じた。

剃り落とした。

七

黒太郎の身体、特に傷口の近くを水でしっかり洗い、邪魔になりそうな毛は剃刀《かみそり》で
道具と手指をしっかり洗ってから、ようやく黒太郎の手技に取り掛かった。

手技が始まるとあとはすぐだった。

凌雲は少しも迷わずに、ほんの一呼吸のうちに節も筋も潰れてしまった黒太郎の後ろ右脚を切り落とした。

黒太郎は荒い息をしながら、時折か細い悲鳴を上げる。

「黒太郎、もう少しの辛抱だぞ。まずはこの傷を……」

凌雲が針と糸を手に、険しい顔で傷口を見た。

「凌雲さん。この大きな傷口を縫い合わせるのは私がやります。凌雲さんは、他の傷を診てください」

美津は身を乗り出した。

「私、縫物は大の得意です。きっと、凌雲さんよりも早くできます」

凌雲はほんの刹那だけ驚いた顔をしたが、すぐに頷いた。

「わかった。任せたぞ」

それから二人で黙々と黒太郎の傷を洗い、縫い合わせた。

「鈴蘭先生をお連れしたよ！」

仙が飛び込んできたのと、黒太郎の手技がすべて終わったのはほぼ同時だった。

「鈴蘭先生、いらしてくださったか！」

凌雲が額の汗を拭った。

「黒太郎が、大八車に撥ね飛ばされたと聞きました。手技は……」

鈴蘭が緊迫した顔で、黒太郎に目を向けた。

「どうやら私が駆け付けるまでもなく、無事に終わったようですね」

どこか後ろめたそうな顔をする。

「凌雲先生、もしよろしければ、私が黒太郎を預かることはできますでしょうか」

鈴蘭が慎重に言った。

「どういうことだ？」

鈴蘭がしばらく目を泳がせてから、観念したようにため息をついた。

「黒太郎の傷は、決して膿まないよう、もしも膿んでもすぐに腫れが引くよう、私が力を尽くして介抱したいのです。私は以前、柳沢村で凌雲先生に手技の傷口が膿まない方法を尋ねられたのに、はぐらかして教えませんでした」

鈴蘭が下唇を噛んだ。

「医者にはそれぞれ秘技がある。大事な商売道具だ。こちらこそ鈴蘭先生には、不躾《ぶしつけ》なことを訊いて悪かったと思っていた」

凌雲が応じた。

「いいえ、違うんです。この秘技は、元はといえば父が教えてくれたことです。父はこれをとても大事なことだと、できる限り皆に広めるべきだと言っていました。それなのに私は、己が男の医者よりも唯一勝るための手段として、決して誰にも教えない秘技としたのです」

鈴蘭が苦し気に眉を顰めた。

「傷口が膿まないためには、何よりも清潔を心がけること。鈴蘭先生の秘技とはこれのことだな？」

鈴蘭が驚いた顔をした。

「なぜそれを……」

「お美津が考えてくれた。私にはなく、鈴蘭先生やお美津にはあったもの。それは緊迫した場でも、患者の清潔に気を配ろうとする心だな」

「お美津さんが、ですか？」

鈴蘭が美津の顔を訝し気に見た。

「差し出がましいことを、ごめんなさい。柳沢村で鈴蘭先生が、小栗の身体を拭いてやり、丁寧に針の手入れをしていた姿を思い出したんです。黒太郎の手技は、汚れひとつないように行いました」

美津は身を縮めた。

鈴蘭が息を呑んだとわかった。

「……お美津さん、ありがとうございます。あなたのおかげで黒太郎はきっと救われます」

鈴蘭が微笑んだ。

すぐに目を伏せる。

「私は、凌雲先生に手技の際の清潔について教えなかったことを、ずっと後悔していました。私がつまらない意地を張ったせいで、助かるはずの患者が救われないなんて。医者としてこれほど恐ろしいことはありません」

鈴蘭の目に涙が浮かんだ。

「私は、男を妬《ねた》む心のせいで、医者として何よりも大事なことを忘れていました。お美津さんは、私が地獄に堕《お》ちるところを救ってくださった恩人です」

「そんな、恩人だなんて。私はただ何となく……」

美津は目を白黒させて胸の前で手を振った。

「お美津ちゃんってすごいんだね。鈴蘭先生の秘技を、一発で見破っちまうんだからさ」

仙が美津を尊敬の目で見た。

「ちょっと、お仙ちゃんまでやめてよ。黒太郎の手技は、すべて凌雲先生が……」

「私は大したことはしていない。すべてお美津のおかげだ」

「り、凌雲先生まで、やめてくださいな」

美津は頬を真っ赤にして首を横に振った。

そんな美津のことを、鈴蘭は何かを想うような目でじっと見つめていた。

「お美津さん、もし機会があれば、どうか私にも力添えをください。あなたが私の治療を見て気になったこと、おかしいと思ったことをどうぞ教えてください。私にはきっとあなたのような人との関わりが必要です」

鈴蘭が深々と頭を下げた。

八

「お仙ちゃん、今日はありがとうね」

朝から降り続いていた雨は、いつの間にか上がっていた。

熟した柿の実のような見事な夕焼け空が、《毛玉堂》の庭のそこかしこにできた水たまりに映っている。

「お礼なんて言わないでおくれよ。黒太郎のこと、本当に申し訳なかったよ。これから黒太郎が健やかに戻るまで、何度もうんと高級な土産物を持って見舞いに来るからね」

帰り支度をした仙が、しゅんとして言った。

「お仙ちゃんのせいじゃないわ」

美津は優しく慰めた。

もしも白太郎や茶太郎だったなら、「その場で動かずに」という人の指示まできちんと理解して、その場に留まったに違いない。

今回はただ運が悪かったのだ。

「考えてみたら、通りの向こうにいる子にあんなふうに声を掛けちゃいけない、ってのは、人だって犬だって当たり前のことだよね。こうやって頭に血が上ると考えなしに動いちまうのが、私の悪いところさ。危ないときこそ、一旦、頭を冷やして立ち止まらなくちゃいけないいんだよね」

「お仙ちゃんの子が生まれる前に、そう気を付けようと思ってくれてよかったわ。それに、お仙ちゃんが黒太郎を助けに飛び出さなかったことも幸いなのよ。黒太郎兄さんが、身をもって『今度から動く前に一旦、頭を冷やしなさい』と教えてくれたということにしましょう」

大事な黒太郎が大八車に撥ね飛ばされてしまったことに、美津だって衝撃を受けていないはずがない。

だが、仙のことを責める気は一切なかった。

どれほど深く愛しい気持ちを抱き、家族同然に暮らしていようとも、黒太郎は犬、つまり獣だ。獣と人の命を決して比べてはならない。

凌雲からはっきりそう言われたわけではない。

しかし凌雲の言葉の端々、仕草の一つ一つから、《毛玉堂》の犬猫たちを心から大事に思っていながらも決して一線を越えない、冷めたものを感じていた。

今回は、何よりも身重の仙が無事だったことを、心から有難く思わなくてはいけないのだ。

「お美津ちゃん、黒太郎、ごめんよう……」

仙が泣き出しそうな顔をした。

「お仙、案じるな。黒太郎は必ず良くなる。鈴蘭先生が言ったのだから間違いない」

凌雲が部屋の奥で、マネキを撫でながらわざとのんびりした口調で言った。

「凌雲先生まで、ありがとうございます」

仙がため息をついた。

「お美津ちゃん、私、やっぱり不安だよ」

「何が不安なの？」

美津は仙の顔を優しく覗き込む。

「ちゃんと人の親になれるのか不安だよ。私みたいに雑な女が、生まれてくる赤ん坊ひとりの命をきちんと守れるのか、って考えると、不安でたまらなくなるよ」

仙は目に涙を溜めている。

「……不安じゃない人なんていないわよ。ほんとうは誰だって、不安でたまらないはずよ。命ってとても重いものよ」

美津は心を込めて言った。

黒太郎の看病をするとき。《毛玉堂》に訪れた患者たちを診るとき。

美津の胸の内では、常にその場から逃げ出したくなるような臆病心が震えている。

どうやってその臆病心に打ち勝つかといえば、私がここで動かなくてはいけない、これが私の仕事だ、という気持ちだけだ。

「誰だって不安でたまらない、って、ほんとうかい？　でも、鈴蘭先生みたいな素敵で格好いい人なら……」

「お仙ちゃん、鈴蘭先生が不安を感じていないと思った？」

美津は仙をじっと見つめた。

「……鈴蘭先生は正直な人だよね。手前が男を妬んでた、ってはっきり認めちまえるなんて、驚いたよ。あんな涼しい顔をしながら、きっと医者として日々、たくさんの不安と闘っているだろうなと思って、もっと憧れる気持ちになったさ」

仙は決まり悪そうに肩を竦めた。

「命に関わる者は、誰もが手探りで不安なものだ。その不安がなくなって慢心することのほうがずっと怖い。仙が不安を抱えたまま子を育てるのが、必ずしも悪いこととは思わないぞ」

凌雲が静かに言った。

マネキが話がわかるかのように、にゃあ、と鳴く。

「……お美津ちゃん、凌雲先生、それにマネキまで言うならそうかもしれませんねえ」

しばらく黙っていた仙が、気を取り直したように顔を上げた。

「それじゃあ私は、このまんま、赤ん坊さんとうまくやっていけるかわからないよう、ってぐずぐずしていて良いってことだね」

「ええ、そうよ。赤ちゃんが生まれてどうしたらいいかわからなくなったら、みんなで一緒にお世話の仕方を考えればいいじゃない」

美津はにっこり笑った。

「お美津ちゃん、ありがとうね。急に力が湧いてきたさ。このまんま、ってのは私がいちばん好きな言葉だよ。私はこのまんま行けるとこまで行ってみるよ。これからもずっと、いかにも母親らしく地味に控えめになんて生きやしないさ！」

「やっぱりそこが気になっているのね。だったら平気よ。もしもお仙ちゃんが子を産んだのに綺麗すぎるって文句を言う人がいても、私はずっとお仙ちゃんの味方だから」

美津はくすっと笑った。

「ありがとうよ！　私は恵まれているよね。金八のところのお弓さんも、そんなふうに言ってくれる友がいたなら、あんなふうに金魚の色が褪せちまった、なんてことくらいで深刻に思い悩むこともなかっただろうに」

仙があっけらかんと言った。

「もう、お仙ちゃん。意地悪はいけません。お弓さんは金八のことを真剣に悩んでいるのよ」

「はあい。ごめんよ。けど、お弓さんがいちばん悩んでいるのは、金八の色のことじゃなくて、赤ん坊のお玉の子育てだよね。お弓さんの気持ちはようくわかるさ」

美津と凌雲は顔を見合わせた。

「お仙ちゃん、それってどういうこと？」

「お弓さんは、《髑髏屋》なんて毒気の強い古着屋の女房をやっているような女だろう？　それも、元は店の常連だったたって話じゃないか。あの奇抜な店の看板娘って呼ばれても少しも恥ずかしくないような、派手で粋な別嬪だったに違いないさ。それが、赤ん坊が生まれてからあんなに急に芋臭く地味になったたってことならさ、きっと気持ちまで辛気臭くなっちまって萎れているはずだよ」

「芋臭く地味に……なんて言い方はやめなさい。まったく、お仙ちゃんは口が悪すぎるわ」

美津は仙を睨んだ。

「陰でだけだよ。本人に言っているわけじゃないさ」

「そんなの当たり前です」

美津と仙のやり取りを見ていた凌雲の顔色が、みるみる変わった。

「お仙、それだ！」

凌雲が膝を叩いた。

「金八が気を病んでしまった理由がわかったぞ。そして、金八を元の鮮やかな色にする方法もな」

九

「へい、いらっしゃい。おっと、あんたたち《髑髏屋》のお客じゃなさそうだね」

美津と凌雲、それに仙が揃って《髑髏屋》に入ると、濛々《もうもう》と漂う香の煙の中で、見たこともないほど奇抜な身なりの男が、不思議そうな顔をした。

男は髑髏柄の着物を着て、顔を白塗りにしている。

歌舞伎《かぶき》の隈取《くまどり》のようなとんでもなく派手な化粧を施しているが、使われているのは黒い顔料だけだ。

白装束《しろしょうぞく》に薄墨色で描かれた着物の骸骨《がいこつ》と相まって、全身白黒のいかにも縁起の悪そうな、死神というのはこんな姿をしているのではと思わせる格好だ。

「俺はここの店主の雷蔵《らいぞう》さ。何か用かい？」

雷蔵と名乗った男は、おどろおどろしい見た目に反して客商売に慣れた気さくな様子で訊いた。

「こりゃ、ずいぶん粋な店主だねえ。ここまで店の色を徹底しているのはさすがだよ」

仙が美津に耳打ちした。

「けもの医者の《毛玉堂》だ。金八の件でお弓に会いに来た」

凌雲が少しも動じずに雷蔵に向きあうと、雷蔵は、「金八だって？」と苦笑いを浮かべた。

「けもの医者の先生を、金魚のことなんかに付き合わせて申し訳ないね。金魚くらい、いくらでも替えが利くと思わねえかい？　俺は幾度も、金八は川に放してやって、新しい色鮮やかな琉金を買ってくるって言ったのさ。けど、お弓は、どうしても金八の色を取り戻さなくちゃいけねえんだ、って拘《こだわ》るんだよ」

　雷蔵が苦笑した。

「水瓶で飼われていた金魚を川に放せば、あっという間に敵に喰われてしまう。これまで店の看板を務めてくれた金魚を、そんな目に遭わせるのか？」

　凌雲が冷たい声で応じた。

「へっ？」

　雷蔵が目を丸くした。

「そ、そんなこたあ少しも知らなかったよ。そりゃ、良くないな。あっという間に喰われちまったら、金八がかわいそうだ」

　雷蔵は少々しゅんとした様子で、「お弓を呼ぶさ」と店の奥に向かった。

「凌雲先生、あれから金八はさらにどんどん黒ずんでいきます。どうぞ、金八をお救いください」

　赤ん坊の玉を背負った弓が、悲痛な顔で現れた。

　うとうとしていたのだろう。頰に畳の跡がつき髪は乱れ、この間会ったときよりも窶《やつ》れた様子だ。

「金八が黒ずむ理由がわかったんだ」

凌雲が言うと、弓が目を丸くした。

「ほんとうですか！　では、ぜひ金八を治してやってください」

「早速、表の水瓶に行こう。店主も一緒に来てくれるか？」

「お、俺かい？　金八の世話は昔からすべてお弓に任せているんだ。俺は少しも……」

雷蔵が困惑した顔をした。

「行くぞ」

気にせず表に出た凌雲に、雷蔵は「ちょ、ちょっと待ってくれよ」と慌てて立ち上がった。

十

「魚というのは、敵に見つかりにくくするために周囲に色を合わせる習性がある。水瓶のように周囲が暗い場所で暮らし、おまけに黒い色の魚ばかりを目にしていたなら、己の色だけが目立ってしまうことがないように、少しずつ黒ずんでくるものなんだ」

　凌雲が水瓶を覗き込んだ。

　黒い出目金たちは、何事もないように水面近くをすいすい泳いでいる。

　金八は水草の下に隠れているのだろうか、美津のところからでは見て取れない。

「へえ、そんな習性があるんですね。けれど、それじゃあなんだか変ですね」

　弓が首を捻った。

「金八は、この水瓶で暮らして三年ほど経ちます。紅い色の仲間は他にいないはずなのに、三年の間ずっと色鮮やかな紅色のままでした。それが、この半年くらいで、急に黒ずんできた理由もわかりません」

「お弓の言うとおりだ。金八はこの三年、どこもかしこも真っ暗なところで暮らしながらも、色鮮やかなままだったんだ」

　凌雲が大きく頷いた。

「もしかして、半年前までの金八は、日々こまめに色鮮やかな紅い色を目にする機会があったということですか？」

　美津が思わず訊くと、凌雲がにっこり笑った。

「そう考えるのが良さそうだ。そしてその色鮮やかな紅い色は、半年前を機に金八の前から消えてしまったんだ」

「半年前、っていえば、ちょうどお玉が生まれた頃ですね……」

弓が何かを考えるように、眉間に皺を寄せた。

「店主、お弓は子を産むまでは《髑髏屋》の店にも立っていたのか？」

凌雲が訊くと、雷蔵は大きく頷いた。

「もちろんさ。こいつは今はこんな大人しい姿だけれど、お玉を産むまでは今の俺よりさらに突き抜けた洒落者でね。顔中に金粉を塗《まぶ》して妖怪みたいになって《髑髏屋》の引き札を配って町を練り歩いたり、山羊《やぎ》みてえな角が付いた鬘《かつら》を手前で作ってその姿で店番して客の度肝《どぎも》を抜いてさ。《髑髏屋お弓》っていやあ、お江戸の傾《かぶ》いた洒落者で知らない奴はいねえぜ」

「皆をあっと驚かせるのが好きだったんですよ。着物も化粧も、凝れば凝るほど面白いもんですからねえ」

昔を語る弓の目が、鋭く光った。

突然、はっとした顔をする。

「凌雲先生、もしかして金八が日々目にしていたってのは……」

凌雲が頷いた。

「お弓、お前の唇の紅だ。金八は餌をくれたり水瓶の水を替えたりとこまめに世話をしてくれるお前の姿を、いつも見上げていた。水の上なのだから顔かたちははっきりわからなくても、お前の唇の紅ははっきり見えていただろう」

「紅……」

店主と弓は顔を見合わせた。

「だから私が水瓶の縁に立ったときに、金八はあんなにも喜んだんですね」

仙が己の真っ赤な唇に指先で触れた。

「そうだ。この《髑髏屋》は、ほぼ男客向けの店だ。おまけに白黒髑髏柄の暗い色の服を着た客ばかりがやってくる。金八は久しぶりに目にした仙の紅の色に、おそらく、可愛がってくれたお弓が戻ってきたと思ったんだろう」

凌雲が頷く。

「確かに、お玉を産む前のお弓は、いつだってどんな遠くからでもわかるくらい濃く色鮮やかな紅をばしっと差していたよな。金八には、それが仲間の金魚に見えたのかもしれねえな」

店主がどこか申し訳なさそうな顔をした。

「ああ、そうだよ。このあたいが化粧なしで人前に出ることなんて、決してなかったさ。たとえちょいちょいと金魚の世話をするときだって、しっかり塗りたくっていたよ！」

弓の口調が急に変わった。

「けど、お玉が生まれたら、きちんとしたおっかさんにならなくちゃいけないだろう？《髑髏屋お弓》の子がまともに育つはずがない、ってみんなが言うんだ。今まで私の姿を面白がっていた客たちまで、『あんなのが母親で子供が気の毒だ』なんて言いやがって。そんなの悔しいじゃないか！」

弓が目に涙を溜めて、拳を握り締めた。

「だから、あたいは、大好きな着物も化粧も諦めて、お玉のためにおっかさんらしく生きるって決めたんだよ！」

「おっかさんらしいって、何でしょうね」

美津は思わず言った。

「え？　そりゃ、地味で大人しくしているってことだろう？　我が子にすべてを捧げて、今までの己を捨てることさ」

弓が不貞腐《ふてくさ》れた顔で言う。

「それは違うと思います。世のおっかさんたちが地味で大人しく見えるのは、ただ忙しくて身なりにまで手が回らないだけです。地味に装うなんて、そんな外側のことがおっかさんのいちばん大事なところじゃないはずです」

「お美津ちゃん……」

傍らで仙が驚いたように美津を見上げる。

「私は、おっかさんというのは、子を大事に慈《いつく》しむことが何より大事なんだと思います。お弓さんがお玉ちゃんを可愛がっているその姿に嘘偽りがないのはよくわかります。そしてもう一つ、何より機嫌よく嬉しく暮らして、子にこの世は楽しいもんだと教えてくれるのが、おっかさんだと思うんです」

美津の胸に、生家の八百屋の母の姿が浮かんだ。

確かに母は化粧気もなく地味な人だった。だが美津は母のそんなところが好きだったというわけではない。時折、近所の人の祝言などで母が華やかに装うと、いつもずっとそんなふうにしてくれればいいのにと心から思った。

母を思い出すとき何より胸に迫るのは、いつもにこにこ笑みを絶やさない顔だ。

自分と良く似た顔の母が、機嫌よく楽しそうに暮らしてくれていると、美津の人生も、先行きはうんと明るいと言ってもらえるような気がした。

「お弓さん、どうぞもう一度、紅を差してくださいな。きっとそれをお玉ちゃんも、金八も望んでいるはずです」

「お、俺もだよ！」

雷蔵が焦った様子で割って入った。

「お玉を産んでからのお弓が、家のことに奮闘してくれているのはわかってたんだ。けど、俺が惚れたのは《髑髏屋お弓》なんだ。お前が化粧をしている間くらい、俺がお玉をしっかり見ているさ。お玉は、俺たちを馬鹿にした奴らが二度とここいらを歩けなくなるくれえの、良い子に育ててみせるさ！」

雷蔵の隈取が溶けて、黒い涙が零れ落ちた。

「へえ……」

弓の眉が尖った。

「凌雲先生、お美津さん、それにお仙さん。今の、ちゃんと聞いていただけましたね」

「ええ、もちろんですよ。ご亭主が、お玉ちゃんをしっかり良い子に育てるって言いましたとも」

仙がにやりと笑って応じた。

「それじゃあ、ちょいとお待ちくださいな。あんた、この子を抱いていてくれるんだ

った ね？」

弓は背負っていた玉を雷蔵に渡して、店内に消えた。

「わあ！　お弓さんですか！」

ほどなくして戻ってきた弓の姿に、美津は驚きの声を上げた。

花魁《おいらん》のように大きな髪の鬘に、白塗りの顔。唇の縁を大きくはみ出して、弓の口元に真っ赤な金魚の絵が描かれていた。

男物の髑髏絵の着物を、羽織代わりに着込んでいる。

「お弓、さすがだな。それでこそ、お江戸一の傾《かぶ》いた看板娘、《髑髏屋お弓》だ！」

目を剝くくらい奇抜なはずなのに、どこか異国の絵の中のような浮世離れした洒落た雰囲気を放つ。

雷蔵が満足げに唸った。

「金八、おいで。ご飯だよ」

弓が水瓶を覗き込んだ途端、薄い紅色の金魚が勢いよく水面にやってきた。

金八は嬉しくてたまらないという様子で、あちらこちら泳ぎ回りながら、口をぱくぱくやる。

「おう、よしよし、いい子だね」

弓が人差し指を水面に入れると、金八は甘えた様子でその指をしゃぶってみせた。

「まあ、金魚がこんなに懐くなんて……」

いつの間にか、金八の興奮は他の黒い出目金たちにも広がっていった。

皆が一斉に弓に挨拶をするように集まるので、水面は水飛沫《みずしぶき》が跳ねて大騒ぎだ。

「よほど大事に可愛がっていたのだろうな。お弓は、この《髑髏屋》の仕事に全力で取り組んでいたに違いない」

「こらっ、おやめよ。順番だよ、って言ってるだろう？　くすぐったいよ、おやめ」

蓮っ葉な口調になった弓は、心から楽しそうに笑う。

その声に、雷蔵が抱いていた玉が目を覚ました。

「ふえ……」

泣き声を上げかけた玉と、白塗りの顔に唇に金魚を描いた弓はしばらく見つめ合う。

「お玉、えっと、これはね。おっかさんは、えっとね……」

弓が何か言おうとするたびに、口元の金魚が動く。

目を丸くしていた玉が、ふいにきゃっきゃと声を上げて笑った。

心から嬉しそうに、弓に向かって手を差し伸べる。

「お、お玉……」

ほっとしたように笑った弓の目には、大粒の涙が浮かんでいた。

十一

雲一つない冬の青空が輝いている。

《毛玉堂》の庭を駆け回る白太郎と茶太郎が吐く息が、僅かに白い。

マネキは火鉢の横で、前脚を身体の下にしまい込んでうつらうつらしていた。

「黒太郎、そうそう、その調子よ」

黒太郎が、三本の脚でよろめきながらも必死で進む。

「よしっ！　黒太郎、よくやった！」

脇で手を当てて支えてやっていた凌雲が、力強く言った。

黒太郎が美津の身体に倒れ込んだところを抱き締めてやったら、勢いよく顔中を舐めまわされた。

「ちょ、ちょっと待って。わかった、わかったわ」

案外強い力に、美津は尻餅を搗《つ》いてしまった。

「お美津、平気か？」

すぐに駆け寄ってきた凌雲に助け起こされて、美津は眉を八の字に下げて笑った。

「黒太郎、この様子ならもう心配いりませんね」

緊迫した手技から、ようやく半月が経った。

心配していた黒太郎の身体の傷は、ひとつも膿まずに治った。三本脚ながらこうして痛みを感じずに動き回ることもできるようになった。

あれからずっと、身体の筋が強張らないように、褥瘡《とこずれ》ができないようにと、ことあるごとに体位を変えて身体を揉んでやっている。

さんざんお殿さまのような扱いを受けた黒太郎は、尾を振って得意げにしている。

「ああ、お美津のおかげだ」

美津を覗き込み、当たり前のように言う凌雲に胸が熱くなる。

──凌雲さんのおかげですよ。

いつものようにそう言おうとして、ふと、凌雲に助け起こされたときに手を結び合ったままだったと気付いた。

胸がどんっと鳴った。

美津は凌雲と握り合った手に力を込めた。

凌雲が、不思議そうな顔をしたそのとき。

美津は慌てて顔を伏せて、凌雲の胸にひしと身を寄せた。

「お美津……？」

己の心ノ臓が、喉から飛び出しそうなくらい激しく鳴っている。

美津はぎゅっと目を閉じて、凌雲の胸にさらに強く顔を押し付けた。

「……凌雲さん」

――好きです。

意を決して言おうとしたそのとき――。

黒太郎が美津の頰をべろりと舐めた。

続いて、嬉しくてたまらないように美津に、凌雲に飛びついてくる。

「く、黒太郎、やめろ」

体勢を崩した黒太郎を助けようとして、今度は凌雲が尻餅を搗いた。

美津と凌雲は抱き合ったまま引っくり返った。

「わんっ！」

庭の隅から白太郎と茶太郎の鳴き声が聞こえたかと思ったら、毛むくじゃらの顔がさらに二つ、美津と凌雲を心配そうに見下ろしていた。

「黒太郎。それに白太郎と茶太郎。こっちへ来い」

凌雲が手招きすると、犬たちは一斉に凌雲と美津に飛びついた。

「よしよし。いい子だ」

「はいはい、みんな。落ち着いて。順番よ」

美津も犬たちの頭を交互に撫でてやっているうちに、なんだか可笑しくなってきた。

凌雲と顔を見合わせ、ぷっと噴き出して笑う。

「お美津」

凌雲が、両手を広げた。

「えっ？」

美津は目を丸くした。

燥《はしや》いでいた犬たちが、一斉に動きを止めて期待に満ちた目で美津を見る。

「おうい、お美津ちゃん。いるかい？　いるよね？」

仙の声に、美津は弾かれたように飛び上がった。

「はいはーい！　お仙ちゃん、いらっしゃい！」

美津と凌雲を見守っていた犬たちが、「なーんだ」と言うように次々に離れていった。

「身体の具合はどう？」

仙はあれからすぐに、悪阻《つわり》の頃のような吐き気が戻ってきて寝込んでしまってい

た。

半月ぶりに見た仙の腹は、また一回り大きくなっている。顔色は良さそうだ。

「それが昨日から急に良くなったんだよ。産婆が言うには、いよいよこの数日で赤ん

坊が生まれるってんで、上の方で腹を圧していたのが楽になったんじゃないかって話

だよ」

「ええっ！　そんなときに、出歩いて大丈夫なの？」

美津は仰天して訊いた。

「なるべく歩いたほうがいいって言われたよ。黒太郎さんへのお見舞いも、早く持っ

て行かなくちゃと思っていたからねえ」

仙が風呂敷包みを示した。

「お見舞いなんて気を遣わなくていいのよ。それに産婆さんが言ったのって、お屋敷

のお庭を歩くとか、そういう近場の話だと思うわよ。もういつ産気づくかわからない

んでしょう？」

「ああもう、お美津ちゃんは口うるさいねえ。わかったよ。生まれる前のお出かけは今日限りにするさ。あら、凌雲先生。そんなところに尻餅を搗いてどうされましたか？」

仙が凌雲に気付いて、きょとんとした顔をした。

「い、いや。何でもない。犬たちと遊んでいただけだ」

凌雲が慌てて立ち上がって、着物の汚れを叩いた。

「お仙、いよいよだな」

凌雲が、仙の大きな腹に目を向ける。

「お医者の凌雲先生から、楽しみだ、とか、そういう軽ーい言葉は聞きたくありませんよ。こっちはもう生きているだけで必死なんです」

仙がしかめっ面をした。

「もちろんだ。先だってお仙から文句を言われてから、私も大いに反省した」

凌雲が苦笑した。

「ひとつ言わせてくれ。いきむときは、目をつぶらないほうが良い。目をつぶって力を籠めると、目の周りの血管が切れて赤ら顔になる。たいてい数月で治るが、容姿に気を配っている者には、きっと気になるだろう」

「さすが凌雲先生。そういうお話を聞きたかったんですよ！」

仙が小さく拳を握って見せた。

「そういえば先ほど《鍵屋》でお弓さんの噂を聞いたよ。最近、雷蔵と交代で《髑髏屋》の店番に戻ったらしいね。雷蔵ってのは、あんななりで相当子供好きらしくてね。夫婦揃ってお面みたいに塗りたくった珍妙な顔をして、赤ん坊をあやしているらしいよ」

「それじゃあ金八は……」

美津は微笑んだ。

「すっかり元の紅色に戻ったってさ。《髑髏屋》の店先で、客たちに鮮やかな紅の輝きを見せつけているらしいよ」

仙が大きく頷いた。

「子が生まれてもとんでもなく派手で粋で、己が好きな格好をしている夫婦って、面白いよね。なんだか私も力を貰える気がするさ。私と政之助も、あんなふうになれたらいいのにねえ……」

仙が口を尖らせる。

「確かにあのお二人はとんでもなく派手なご夫婦だけど。実は、お仙ちゃんが惹かれているのは、そこじゃないんだと思うわよ」

美津はくすっと笑った。

「えっ？」

「お仙ちゃんがお弓さんたちを素敵だと思う理由は、あのお二人は、お玉ちゃんを大事に可愛がる、楽しそうな仲良しの夫婦になったからよ」

「へえ……」

仙が、決まり悪そうな顔をして肩を竦めた。

「それを言われると困っちまうね。私は腹に子ができてからは、手前の身体のことで精いっぱいで、ずいぶん政之助のことをないがしろにしてきたよ」

「せっかく具合が良くなったんだから、これから数日は、お屋敷で身体を休めて、政之助さんとゆっくり先のことを話して過ごすのもいいかもしれないわね」

「お美津ちゃん、いろいろと考えてくれてありがとうよ。屋敷に帰ったら早速、政之助に、お美津ちゃんがそう言ってたって伝えてみるよ」

仙が恥ずかしそうに頬を染めた。

「そうしてちょうだいな」

美津は仙の背を優しくぽんと叩いた。

「それじゃあ、今日は早めに失礼するよ。これ、和泉屋の練り切《ねき》りだよ。特別に頼んで犬の形のお菓子を作ってもらったから、無事に健やかになった黒太郎さんを眺めながら、凌雲先生と二人で食べておくれ」

「犬の形の練り切り……？」

美津と凌雲は顔を見合わせた。

風呂敷包みは、ずんと重い。

「お仙ちゃん、珍しいものをありがとうね。安産を、毎日しっかり祈っているわ！」

「よろしく頼んだよ。感応寺さまにも、普段の十倍は気合いを入れて祈っておいておくれね」

仙は手をひらひらと振りながら、生垣の隙間から帰って行った。

その背を、黒太郎が危なっかしい足取りで追いかけようとする。

「黒太郎、こっちよ。戻っていらっしゃいな」

美津の言葉に、黒太郎が振り返った。

澄んで艶やかな綺麗な目が、じっとこっちを見ている。

はっと気付いたように尾を振って、美津と凌雲のところへやってくる姿に胸が震えた。

しっかり抱き締めて褒めてやったら、黒太郎は満足げに二人の足元に座り込んだ。

白太郎、茶太郎も和やかな雰囲気を察したのか、とぼけた顔でやってきて、黒太郎に寄り添う。

美津はそんな光景に目を細めた。

命というのは常に危なっかしく、常に不安なものだ。

長い人生の中で皆が健やかに笑って過ごせるこのときは、案外とても短いのかもしれない。

部屋の奥でマネキがうーんと伸びをした。

だからこそ皆で仲良く助け合い、愛情を示すのを惜しまずに生きたい。大事な皆の命が続くこと。それより幸せなことは他にないのだから。

「凌雲さん、好きです。ずっと私のそばにいてくださいね」

今度は当たり前のように言えた。

美津は凌雲の胸元に、再び身を寄せる。

「……お美津」

凌雲がゆっくりと美津の身体に腕を回した。

胸の内がぽかぽかと温かくなるのを覚えながら、美津はうっとりと目を閉じた。

謝辞
本書を執筆するにあたり、獣医師の加藤琢也先生にご協力をいただきました。
たくさんの貴重なお話を、本当にありがとうございます。
尚、作中に誤りがある場合は、すべて作者の力不足・勉強不足によるものです。

参考文献

『犬と猫の行動学　問題行動の理論と実際』ヒトと動物の関係学会 編　学窓社

『犬と猫の行動学　基礎から臨床へ』内田佳子　菊水健史 著　学窓社

『動物行動学』森裕司　武内ゆかり　内田佳子 著　エデュワードプレス

『臨床行動学』森裕司　武内ゆかり　南佳子 著　エデュワードプレス

本書は、文庫書き下ろし作品です。

|著者|泉 ゆたか　1982年神奈川県逗子市生まれ。早稲田大学卒業、同大学院修士課程修了。2016年に『お師匠さま、整いました！』で第11回小説現代長編新人賞を受賞しデビュー。『髪結百花』で第8回日本歴史時代作家協会新人賞、第2回細谷正充賞を受賞。本作は、夫婦で営む動物専門の養生所の活躍を描く「お江戸けもの医　毛玉堂」シリーズの3作目にあたる。他の著作に『蔦屋の息子』『横浜コインランドリー』『ユーカラおとめ』や、「お江戸縁切り帖」シリーズ、「眠り医者ぐっすり庵」シリーズなどがある。

うぬぼれ犬《いぬ》　お江戸《えど》けもの医《い》　毛玉堂《けだまどう》

泉《いずみ》 ゆたか

講談社文庫

定価はカバーに
表示してあります

2025年1月15日第1刷発行

KODANSHA

発行者――篠木和久
発行所――株式会社　講談社
東京都文京区音羽2-12-21　〒112-8001
電話　出版（03）5395-3510
　　　販売（03）5395-5817
　　　業務（03）5395-3615

Printed in Japan

デザイン―菊地信義
本文データ制作―講談社デジタル製作
印刷―――株式会社KPSプロダクツ
製本―――株式会社国宝社

ISBN978-4-06-536149-8

講談社文庫刊行の辞

二十一世紀の到来を目睫に望みながら、われわれはいま、人類史上かつて例を見ない巨大な転換期をむかえようとしている。

世界も、日本も、激動の予兆に対する期待とおののきを内に蔵して、未知の時代に歩み入ろうとしている。このときにあたり、創業の人野間清治の「ナショナル・エデュケイター」への志を現代に甦らせようと意図して、われわれはここに古今の文芸作品はいうまでもなく、ひろく人文・社会・自然の諸科学から東西の名著を網羅する、新しい綜合文庫の発刊を決意した。

激動の転換期はまた断絶の時代である。われわれは戦後二十五年間の出版文化のありかたへの深い反省をこめて、この断絶の時代にあえて人間的な持続を求めようとする。いたずらに浮薄な商業主義のあだ花を追い求めることなく、長期にわたって良書に生命をあたえようとつとめるところにしか、今後の出版文化の真の繁栄はあり得ないと信じるからである。

同時にわれわれはこの綜合文庫の刊行を通じて、人文・社会・自然の諸科学が、結局人間の学にほかならないことを立証しようと願っている。かつて知識とは、「汝自身を知る」ことにつきていた。現代社会の瑣末な情報の氾濫のなかから、力強い知識の源泉を掘り起し、技術文明のただなかに、生きた人間の姿を復活させること。それこそわれわれの切なる希求である。

われわれは権威に盲従せず、俗流に媚びることなく、渾然一体となって日本の「草の根」をかたちづくる若く新しい世代の人々に、心をこめてこの新しい綜合文庫をおくり届けたい。それは知識の泉であるとともに感受性のふるさとであり、もっとも有機的に組織され、社会に開かれた万人のための大学をめざしている。大方の支援と協力を衷心より切望してやまない。

一九七一年七月

野間省一

講談社文芸文庫

金井美恵子
軽いめまい
解説＝ケイト・ザンブレノ　年譜＝前田晃一
郊外にある築七年の中古マンションに暮らす専業主婦・夏実の日常を瑞々しく、シニカルに描く。二〇二三年に英訳され、英語圏でも話題となった傑作中編小説。
978-4-06-538141-0
かM6

加藤典洋
新旧論　三つの「新しさ」と「古さ」の共存
解説＝瀬尾育生　年譜＝著者、編集部
小林秀雄、梶井基次郎、中原中也はどのような「新しさ」と「古さ」を備えて登場したのか？　昭和の文学者三人の魅力を再認識させられる著者最初期の長篇評論。
978-4-06-537661-4
かP9

講談社文庫　目録

伊与原　新　コンタミ　科学汚染
稲葉圭昭《よしあき》　恥　さ　ら　し〈北海道警　悪徳刑事の告白〉
稲葉博一《ひろいち》　忍　者　烈　伝
稲葉博一　忍者烈伝ノ続
稲葉博一　忍者烈伝ノ乱〈天之巻〉〈地之巻〉
伊岡　瞬　桜の花が散る前に
石川智健　エウレカの確率〈経済学捜査と殺人の効用〉
石川智健　60《ロクジュウ》〈誤判対策室〉
石川智健　20《ニジュウ》〈誤判対策室〉
石川智健　第三者隠蔽機関
石川智健　いたずらにモテる刑事の捜査報告書
石川智健　ゾ　ン　ビ　3.0
井上真偽《まぎ》　その可能性はすでに考えた
井上真偽　聖　女　の　毒　杯〈その可能性はすでに考えた〉
井上真偽　恋と禁忌の述語論理《プレディケット》
泉　ゆたか　お師匠さま、整いました！
泉　ゆたか　お江戸けもの医　毛玉堂
泉　ゆたか　玉《たま》の　輿《こし》　猫〈お江戸けもの医　毛玉堂〉
伊兼源太郎　地　検　の　S
伊兼源太郎　Sが泣いた日〈地検のS〉
伊兼源太郎　Sの幕引き〈地検のS〉
伊兼源太郎　巨　　悪
伊兼源太郎　金庫番の娘
逸木　裕　電気じかけのクジラは歌う
今村翔吾　イクサガミ　天
今村翔吾　イクサガミ　地
今村翔吾　イクサガミ　人
今村翔吾　じ　ん　か　ん
入月英一　信長と征《ゆ》く　1・2〈転生商人の天下取り〉
磯田道史　歴史とは靴である
石原慎太郎　湘　南　夫　人
井戸川射子　ここはとても速い川
井戸川射子　この世の喜びよ
五十嵐律人　法　廷　遊　戯
五十嵐律人　不　可　逆　少　年
五十嵐律人　原因において自由な物語
一色さゆり　光をえがく人
石沢麻依　貝に続く場所にて
一穂ミチ　スモールワールズ
一穂ミチ　うたかたモザイク
伊藤穰一　〈増補版〉教養としてのテクノロジー〈AI、仮想通貨、ブロックチェーン〉
市川憂人　揺籠《ゆりかご》のアディポクル
五十嵐貴久　コンクールシェフ！
稲川淳二　稲　川　怪　談〈昭和・平成傑作選〉
稲川淳二　稲　川　怪　談〈昭和・平成・令和　長編集〉
石井ゆかり　星占い的思考
石田夏穂　ケ　チ　る　貴　方
内田康夫　シーラカンス殺人事件
内田康夫　パソコン探偵の名推理
内田康夫　「横山大観」殺人事件
内田康夫　江田島殺人事件
内田康夫　琵琶湖周航殺人歌
内田康夫　夏　泊　殺　人　岬
内田康夫　「信濃の国」殺人事件
内田康夫　風　葬　の　城
内田康夫　透　明　な　遺　書
内田康夫　鞆《とも》の浦《うら》殺人事件

講談社文庫　目録

遠藤周作　さらば、夏の光よ
遠藤周作　最後の殉教者
遠藤周作　反　逆（上）（下）
遠藤周作　ひとりを愛し続ける本
遠藤周作　周作塾〈読んでもタメにならないエッセイ〉
遠藤周作　新装版 海と毒薬
遠藤周作　新装版 わたしが・棄てた・女
遠藤周作　深い河《ディープ・リバー》〈新装版〉
江波戸哲夫　新装版 銀行支店長
江波戸哲夫　集団左遷
江波戸哲夫　新装版 ジャパン・プライド
江波戸哲夫　起業の星
江波戸哲夫　ビジネスウォーズ〈カリスマと戦犯〉
江波戸哲夫　リストラ事変〈ビジネスウォーズ2〉
江上　剛　頭取無惨
江上　剛　企業戦士
江上　剛　リベンジ・ホテル
江上　剛　起死回生
江上　剛　瓦礫の中のレストラン

江上　剛　非情銀行
江上　剛　東京タワーが見えますか。
江上　剛　慟哭の家
江上　剛　家電の神様
江上　剛　ラストチャンス 再生請負人
江上　剛　ラストチャンス 参謀のホテル
江上　剛　一緒にお墓に入ろう
江國香織　真昼なのに昏《くら》い部屋
江國香織他　100万分の1回のねこ
円城　塔　道化師の蝶
江原啓之　スピリチュアルな人生に目覚めるために〈心に「人生の地図」を持つ〉
江原啓之　トラウマ　あなたが生まれてきた理由
円堂豆子　杜《もり》ノ国の神隠し
円堂豆子　杜ノ国の囁《ささや》く神
円堂豆子　杜ノ国の滴《したた》る神
円堂豆子　杜ノ国の光ル森
NHKメルトダウン取材班　福島第一原発事故の「真実」〈ドキュメント編〉
NHKメルトダウン取材班　福島第一原発事故の「真実」〈検証編〉
大江健三郎　新しい人よ眼ざめよ

大江健三郎　取り替え子《チェンジリング》
大江健三郎　晩年様式集《イン・レイト・スタイル》
小田　実　何でも見てやろう
沖　守弘　マザー・テレサ〈あふれる愛〉
岡嶋二人　解決まではあと6人〈5W1H殺人事件〉
岡嶋二人　99％の誘拐
岡嶋二人　クラインの壺
岡嶋二人　ダブル・プロット
岡嶋二人　新装版 焦茶色のパステル
岡嶋二人　チョコレートゲーム 新装版
岡嶋二人　そして扉が閉ざされた〈新装版〉
太田蘭三　殺《さつ》・風《ふう》景《けい》〈警視庁北多摩署特捜本部〉
大前研一　企業参謀 正・続
大前研一　やりたいことは全部やれ！
大前研一　考える技術
大沢在昌　野獣駆けろ
大沢在昌　相続人TOMOKO
大沢在昌　ウォームハート コールドボディ
大沢在昌　アルバイト探偵《アイ》

講談社文庫　目録